Retorno 201

Guillermo Arriaga

Retorno 201

ALFAGUARA

Penguin
Random House
Grupo Editorial

Retorno 201

Primera edición: noviembre, 2021

D. R. © 2005, Guillermo Arriaga

D. R. © 2021, derechos de edición mundiales en lengua castellana:
Penguin Random House Grupo Editorial, S. A. de C. V.
Blvd. Miguel de Cervantes Saavedra núm. 301, 1er piso,
colonia Granada, alcaldía Miguel Hidalgo, C. P. 11520,
Ciudad de México

penguinlibros.com

ISBN: 978-607-380-700-5

Impreso en México – *Printed in Mexico*

Para Maru, siempre

RETORNO 201: Nombre con el cual se designa a una calle, rectilínea y larga, ubicada en una colonia al sur de la Ciudad de México.

Prólogo

Entre los veintitrés y veintiocho años, me entró un frenesí por escribir, puedo incluso describirlo como una pulsión incontrolada, como una obsesiva necesidad por contar historias. En ese periodo escribí suficientes cuentos para armar cuatro libros, de los cuales, solo *Retorno 201* se publicó y los otros los di por perdidos porque ignoraba dónde habían quedado después de varias mudanzas.

De niño sufrí una falta absoluta de concentración, me distraía a menudo y era hiperactivo a grados máximos. Por supuesto, reprobaba la mayoría de las materias y mi carencia de atención me imposibilitaba entender los procesos lógicos más básicos, sobre todo aquellos que tuvieran que ver con reglas: matemáticas, ortografía, gramática, química, física. Mi mente funcionaba y aún funciona, a saltos, contemplo las piezas de forma desordenada y dentro de esta anarquía, encontré el hilo necesario para unirlas: la narrativa. *Retorno 201* me permitió explorar el "caos", entender que cada historia posee, en sí misma, una forma distinta de ser narrada y que mi obligación como escritor era descubrir cuál era la estructura que palpitaba detrás de ella. En estos cuentos se encuentra la génesis de mis estructuras narrativas, de aquí parte no solo mi manera de contar en las novelas, sino en el cine, *21 gramos*, por ejemplo, es deudora de "En paz".

Por esa misma época, comencé a leer compulsivamente a William Faulkner, me alivió sentir que alguien más contaba en forma desordenada, que era tan válido fragmentar los puntos de vista como lo era contar una historia de manera lineal. Me maravillé al leer *El sonido y la furia*, libro difícil como pocos, pero inspirador a más no poder. Poco después releí *El llano en llamas*, del gran Juan Rulfo y, al igual que Faulkner, él parecía desarmar las historias con el fin de encontrar dentro de ellas el mecanismo más adecuado para contarlas. Ninguna obra de Faulkner, ningún cuento de Rulfo, repiten la misma estructura. Decidí, entonces, buscar una estructura para cada cuento, por ejemplo, en "Lilly" traté de narrar con diálogos sin decir quién hablaba; en "El invicto" cambié los puntos de vista en distintos planos temporales; en "En paz", un flujo de conciencia donde el personaje brinca de una idea a otra. Y con Faulkner y con Rulfo aprendí una lección valiosa: el lugar donde creces merece la pena ser contado. Me siento muy, pero muy afortunado de haber crecido en la colonia Unidad Modelo, en particular, en el Retorno 201. En mi barrio pasaban cosas y cada una de ellas me brindó historias para narrar, tan es así, que de la Unidad Modelo han surgido tres libros, entre ellos este, *Retorno 201,* y una película, *Amores perros.*

La mayoría de los cuentos en la versión original de este libro los escribí en el periodo que mencioné al principio, entre los veintitrés y los veintiocho años de edad, con excepción de "El rostro borrado", que escribí en 1995. Al pensar en la reedición de esta colección de cuentos, Mayra González, mi editora, me sugirió incorporar material inédito para darle un valor añadido. Así fue como escribí una nueva narración, "Tarde", donde intento relatar una historia solo con el uso de sustantivos; y luego, un golpe de suerte: mientras mi hijo Santiago buscaba, en unas cajas refundidas en una covacha, la primera versión de *A cielo abierto,* la obra que iniciaba la trilogía original de la cual eran parte *Amores perros* y *21 gramos,* y que próximamente él y mi hija Mariana van a dirigir, halló uno de mis libros que creía perdido: *Por la noche.* Mi alegría fue mayúscula, no recordaba casi ninguno de los cuentos. Entre estos, encontré uno que recoge el espíritu de *Retorno 201,* "Trilogía", escrito en 1983, hace casi cuarenta años, y al que solo le di unos cuantos retoques, así que lo presento aquí casi en su forma inicial. "Trilogía" anticipa estructuras que usé más tarde, en particular, en *Amores perros* y en *Salvar el fuego.*

Nada me hace más feliz que saber que un libro, escrito hace tantos años, vuelva a ser publicado y más feliz seré si es leído. A quienes lo hagan, espero de corazón que algo les mueva por dentro.

Ciudad de México, agosto de 2021

Lilly

A Jorge Arriaga

Ellos la mataron, yo lo sé y solo yo lo sé. No fue su culpa, fue un accidente, no sabían lo que hacían. Son casi unos niños. Son inocentes... son mis hijos...

—Su tía Gabriela y Lilly se van a quedar a vivir aquí.
—¿Por?
—Porque sí.
—¿Mucho tiempo?
—El necesario.
—Es que Lilly...
—Es que nada.
—No, papá, aquí no.
—No lo estoy poniendo a discusión.
—¿Y dónde va a dormir?
—Ustedes dos van a dormir juntos... y Lilly en tu cuarto.
—No...

Lo hicieron sin querer, estaban jugando: fue una travesura. Ellos no son malos, no lo son...

—Roberto, dale un beso a tu prima.

—No, pa...

—Ándale.

—No.

—Hazme caso.

—Es que no quiero.

—Déjalo, Rodrigo, ya se acostumbrará.

Le dije a Rodrigo que Gabriela no tenía adónde ir y me dijo que la trajera a la casa. Pobre, estaba desesperada. La muerte de Javier la devastó. Me dio pena.

Nos daba asco, era como un animalito que solo gemía y babeaba. Papá nos dijo que se iba a quedar a vivir con nosotros. No queríamos, Lilly nos daba cosa.

Sí, es que era muy fea y a mí me daba también un poco de miedo, sentía que me iba a morder.

Pero al rato nos acostumbramos a ella.

Yo no mucho, es más, la verdad nunca me acostumbré, pero no me quedaba de otra.

Poco a poco empezamos a jugar con ella.

Ha de haber sido difícil para mi hermana tener una hija como Lilly, pero cuántas veces le advertí que era peligroso embarazarse a su edad. Solo Dios sabe por qué hace las cosas.

—Vamos al cine con su tía.

—¿Y Lilly?

—Ustedes la van a cuidar.

—No...

—No renieguen, niños... besito a mamá... adiós... se portan bien.

No sabíamos qué hacer con Lilly. Nos aburría cuidarla. Mamá, papá y tía Gabriela salían cada vez más y nosotros nos teníamos que quedar con ella.

Al principio no le hacíamos caso, la encerrábamos en su cuarto y no la dejábamos salir. Lilly berreaba y berreaba, pero no le abríamos.

No podíamos salir a jugar con nuestros amigos. Si llegaban mis papás y se daban cuenta de que habíamos dejado sola a Lilly, se enojaban muchísimo.

Sí, una vez nos fuimos a jugar a la glorieta y ellos llegaron. A Roberto y a mí nos agarraron a cuerazos.

Aparte, a cada rato hablaban por teléfono para ver si estábamos.

Nos daba coraje quedarnos con ella, si la que debería cuidarla era mi tía Gabriela.

Gabriela tenía que salir, distraerse. La muerte de Javier le había dolido mucho, no podía quedarse encerrada en su pena. Lilly era una carga para ella.

A mí se me hace que les daba pena sacarla.

Sí, la escondían, nunca la llevaban a ningún lado. Cuando mi mamá y mi tía se iban al supermercado no la llevaban.

Y para nuestra mala pata nos la encargaban justo cuando acabábamos la tarea.

En vacaciones la teníamos que cuidar todo el día.

—¿No será mejor mandarla a una institución?...
—Rodrigo...
—Bueno, es que puede ser mejor para todos.
—No, cuñado, prefiero tenerla a mi lado... cuidar yo de ella.

Una vez trajimos a nuestros amigos a conocerla, para que vieran lo fea que era.

Es que parecía un rinoceronte.

Les dio horror, el mismo horror que a mí.

Papá se enteró por la mamá de Luis que se la habíamos enseñado a todos y se enojó muchísimo.

Nos castigó sin poder salir toda una semana.

—Me da gusto, Gabriela, parece ser un buen hombre.
—¿Tú crees?
—Claro.
—Hoy me invitó a comer.
—Qué bien.

Cada vez la dejaban más tiempo con nosotros.

Nos hartaban sus berridos y ya no la podíamos encerrar. Mi papá se había dado cuenta de lo que le hacíamos y nos había quitado la llave del cuarto.

No nos quedaba otra que jugar con ella. Al menos cuando estaba junto a nosotros se quedaba callada.

—Tienes que rehacer tu vida.
—Yo también estoy de acuerdo, Gabriela.
—Pero es que él nada sabe de Lilly.
—Si te quiere tiene que aceptarla.
—¿Sí?
—Claro.

Un día, jugando con ella Salvador, sin querer, le agarró una chichi.

Sí, caray, me calenté mucho.

Y Lilly no lloró.

Entonces pensamos en desnudarla. Al fin que mis papás y mi tía no iban a llegar hasta bien noche.

Le quitamos toda la ropa y le empezamos a agarrar todo.

Y ella no berreó para nada. Se quedaba quietecita.

Era gorda, gorda. Muy blanca. Pero eso no importaba.

También era muy peluda. Tenía las piernas y las axilas llenas de pelos.

La panocha también la tenía muy peluda. Yo no sabía que a las mujeres ahí les salieran pelos.

Salvador le empezó a meter el dedo. Se lo metía y se lo sacaba. Yo también se lo metí.

Oímos llegar un coche y nos asustamos mucho. Creíamos que ya habían llegado mis papás. Como pudimos, volvimos a vestir a Lilly y nos fuimos corriendo a nuestro cuarto.

—¿Cómo te fue con Ismael?

—Ay, ese hombre es un pan de dios.

—Pues anímate, dale el sí.

—Todavía no, Estela, todavía no.

A los tres días de eso mi papá y mi mamá se fueron a Acapulco y mi tía Gabriela se fue a casa de unas amigas a Cuernavaca.

Bueno, eso fue lo que nos dijeron.

—Regresamos el martes. Su tía Gaby no regresa hasta el miércoles.

—Cuiden mucho a su prima Lilly.

—Sí, papá.

Ahora estábamos contentos de estar con Lilly, podíamos hacer con ella lo que quisiéramos.

Sí, porque a las tres de la tarde Romelia, la sirvienta, se iba para su casa después de darnos de comer y no regresaba sino hasta el día siguiente.

Nos dio por desnudar despacito a Lilly. Para nuestra suerte solo la vestían con camisón y calzones.

A Lilly la sentábamos en el piso y ahí la encuerábamos.

Otra vez le empezamos a meter el dedo en el hoyito. A Roberto le dio por besarle las chichis que también las tenía muy peludas.

Ella ni se movía, se quedaba ahí tirada, dejando que nosotros le hiciéramos lo que quisiéramos.

Al día siguiente, el sábado, yo me quité el pantalón, me saqué la pirinola y se la metí a Lilly. Sentí bien bonito, calientito.

A mí me dio miedo lo que hizo Roberto. Pensaba que la podía embarazar.

Pero al fin y al cabo pudo más la calentura y Salvador también se la metió.

Todo el tiempo esperábamos a que se fuera Romelia para quedarnos solos con Lilly.

Nos la cogíamos todo el día. A veces por la noche nos despertábamos y nos la volvíamos a coger.

La llevábamos para el cuarto y la acostábamos en la cama de Salvador. Ya no la vestíamos, la dejábamos desnuda. Solo cuando sabíamos que ya iba a llegar Romelia, como a las nueve, le poníamos su camisón y la devolvíamos a su cuarto.

Pero apenas y se iba Romelia cuando ya teníamos a Lilly desnuda de vuelta.

Se nos pasó bien rápido el tiempo, hasta que llegaron mis papás.

—¿Cómo se portaron?
—Bien.
—¿Y Lilly?
—Muy bien, mami.
—¿Jugaron con ella?
—Sí.
—¿A qué juegan?
—Fútbol, canicas, lo que sea.
—¿Ella puede?
—A veces.

No sé por qué les dio a mis papás por quedarse en la casa, lo mismo que a mi tía Gabriela. No hallábamos la forma de estar solos de nuevo con Lilly.

Es cierto. Creo que mi tía se había peleado con un novio que tenía y mi papá y mi mamá se la pasaban platicando con ella.

—Es que él tiene la razón, Gabriela.
—No puedo, es que no puedo.
—Tampoco puedes pasarte la vida así.
—Es que no sé... me toca y me repugna... nada más no puedo.
—¿Por qué?
—Me acuerdo de Javier.
—Pero Gabriela...

—Qué quieres que haga, es algo que traigo dentro.

—Habla con él. Explícale.

—Pero no llores.

—Extraño tanto a Javier, lo extraño.

—Ya, ya, tranquila... verás que todo se arregla, hermanita.

Hubo una época en que mi tía Gaby se la pasaba llore y llore.

Se metía al cuarto de Lilly y ahí la oíamos llorar.

Era casi imposible hacer cualquier cosa con mi prima y a mí, por lo menos, ya me estaba entrando la desesperación. Ya me quería coger a Lilly otra vez.

Yo igual. Se nos había hecho como un vicio. Ya no pensaba en otra cosa.

—Me volvió a hablar.

—¿Quién?

—Ismael.

—¿De verdad?

—Sí.

—Y, ¿qué te dijo?

—Que quería platicar conmigo.

—¿Para volver?

—Mmmmhhh...

—Perfecto. Felicidades.

De vuelta mi tía Gabriela volvió a salir porque se reconcilió con su novio.

Romelia, la sirvienta, se había casado y ya se había ido de la casa.

Las cosas se ponían bien otra vez.

Mi papá tenía que ir a Tijuana por lo del trabajo y se llevó a mi mamá y a mi tía.

—¿Están seguros de que van a poder cuidar a su prima?

—Sí, mamá.

—¿Ustedes solos?

—Sí.

—¿Le van a dar de desayunar y comer y todo?

—Sí, mamá.

—¿Seguros?

—Sí.

—Bueno, le pedí el favor a Romelia que viniera el lunes a bañar a Lilly. Si hay algún problema, le dicen a ella. ¿Está bien?

—Sí.

Se fueron cuatro días. Esa noche la festejamos cogiéndonos a Lilly.

Nos dormimos los tres en la misma cama.

A la mañana siguiente nos metimos todos a la regadera. Sentamos a Lilly en la tina y la enjabonamos. Nos dimos cuenta de que si le poníamos mucho jabón en la panocha, más fácil se la podíamos meter.

A mí se me ocurrió que si le enjabonábamos el culo también se la podíamos meter por detrás. A Roberto le dio asco, pero a mí no. Primero le metí un dedo y vi que entraba casi igual que por delante. Entonces le metí el pito.

Le ha de haber dolido mucho a Lilly porque empezó a gritar, pero a Salvador no le importó y lo siguió haciendo. Después de un rato Lilly se calló y ya no volvió a llorar.

Sentí más rico metérsela por detrás que por delante. Lilly a veces gritaba, pero eso no tenía importancia, al fin y al cabo era como un animalito.

Ese día nos la pasamos metidos en la regadera y el siguiente y el siguiente.

Hasta que regresaron mis papás.

Cuando la encontré ya estaba muerta. No pude hacer nada por ella. Roberto lloraba y Salvador no decía palabra. Lo habían hecho sin querer.

No supe, de verdad, cuándo empezamos a pegarle. Creo que fue un día que estábamos en la cama y empezó a berrear y entonces le dimos cachetadas para callarla.

No te hagas, Roberto, a ti te gustaba pegarle.

Y a ti también.

Es que sí, nos gustaba pegarle y hacerle alguna que otra maldad. Ya no nos divertía solo cogérnosla. Queríamos hacer algo más emocionante.

Tenía la cabeza destrozada. Pero yo sé que fue sin querer, que estaban jugando con ella.

Fue tan rápido. Lilly gritaba y gritaba. Salvador la pateaba. Ella estaba desnuda. Nos la acabábamos de coger por detrás. De pronto oímos llegar el coche de mi papá. Teníamos que callarla. Pero Lilly seguía gritando. Nos desesperamos. Yo le tapaba la boca mientras Salvador trataba de vestirla. Pero ella no se dejaba, se movía mucho y gritaba. Entonces Salvador agarró un bat y le puso un trancazo bien fuerte en la cabeza. Lilly se cayó y ya no se movió para nada. Le empezó a escurrir un montón de sangre. No supimos qué hacer. Papá entró al cuarto, la vio y trató de ayudarla. Ya estaba muerta. Yo lloré mucho. Papá nos dijo que no dijéramos nada. Al rato llegaron mi mamá y mi tía Gabriela. Papá les dijo que Lilly se había resbalado y se había pegado en la cabeza. Mi tía se puso como loca, a abrazarla y abrazarla. Mi mamá se recargó en la pared y se quedó como muda.

Lilly, mi Lilly, hija mía... Lilly.

Sé que ellos lo hicieron jugando. Serían incapaces de haberlo hecho por maldad. Pobrecitos, están muy asustados.

—Quizá fue mejor así, Gabriela.
—Lilly... mi Lilly...
—¿Te vas a casar con Ismael?
—Lilly... mi Lilly...

Ellos la mataron, yo lo sé y solo lo sé yo. No fue su culpa, fue un accidente, no sabían lo que hacían. Son casi unos niños. Son inocentes... son mis hijos...

(1986)

La viuda Díaz

A Rosa María Armendáriz

I

Todos los miércoles y viernes del año 1976, nos reuníamos el oficial Benítez, mi compadre Carlos, mi primo Pepe y yo a comer en el puesto de Don Chucho en el mercado. La cita se cumplía cabalmente a las dos de la tarde en punto y no había compromiso ajeno que rompiera el ritual. Platicábamos largamente durante cuatro o cinco horas. Eran memorables las polémicas sobre política que armaban mi compadre y el oficial Benítez. Igualmente memorable era el caudal de chismes que Pepe sabía o inventaba sobre cualquier persona, logrando hacer interesante la vida del más mediocre.

Una soleada tarde de viernes, día de plaza, nos dedicamos a discutir sobre las ventajas y desventajas de la reciente devaluación del peso. El oficial Benítez, a quien le decíamos así porque de joven había sido policía de tránsito y que en esa época acababa de jubilarse como empleado bancario, sostenía que la medida del gobierno era la correcta. Carlos despotricaba en contra: lo acertado, a su juicio, era establecer un control de cambios, tal y como se hacía en Francia. Pepe, por afán exclusivo de llevar la contra, se burlaba de una y otra posición. Yo los escuchaba divertido, sin participar en la disputa, cuando de pronto, entre el montón de gente, descubrí una figura conocida. Mis ojos han de haber mostrado gran asombro porque mis tres amigos callaron y volvieron la mirada.

—Pero si es la viuda Díaz —exclamó Pepe.

Era sorprendente ver a la viuda Díaz caminar sola por entre los pasillos del mercado. De hecho, era apenas la segunda vez en siete años que se le veía salir de su casa. La viuda Díaz no era efectivamente una viuda, pues Juan, su marido, aún vivía. La historia de este matrimonio se remontaba doce años atrás. Ella era hija de Tomás Galdós, un español que había venido a México a hacer fortuna sin tener suerte. Magdalena Barnaza, su madre, había muerto estúpidamente a los pocos días de llegar al país: se había desnucado al resbalar en la tina. Tomás Galdós era un hombre severo y de carácter fuerte. Lo recordábamos como el señor regañón que no regresaba las pelotas que se volaban al patio de su casa. Estela, su única hija, espiaba tímidamente por las ventanas para vernos jugar. Era una niña seria, introvertida, de ojos verdes muy grandes. Don Tomás no la dejaba salir a la calle y solo en contadas ocasiones pudimos verla de cerca.

Conforme crecimos dejamos de saber de ella. Ya no atisbaba por las ventanas y mucho menos salía de su casa. Un día, cuando Estela ha de haber tenido dieciocho años, pues era de mi misma edad, se casó. Su padre, poseedor de una de esas mentes arcaicas convencidas de que lo principal es tener una buena estabilidad económica, la comprometió con un paisano suyo: Juan Díaz, un navarro de más o menos buena posición y dueño de una ferretería cercana. El "Che" Díaz, así lo apodaban, ignoro por qué, era un hombre hermético y solitario cuya preocupación básica era que las cuentas sumaran bien. Vivía en un caserón comprado a un comerciante libanés ahogado en deudas. Juan Díaz se casó con Estela Galdós la mañana en que cumplió sesenta y dos años.

Dicen que en ese matrimonio desigual Juan Díaz impuso pronto su voluntad. Temeroso de ser engañado por su joven esposa, lo afirmaban las malas lenguas, cosió cada una de las cortinas de la casa para impedir que ella pudiera asomarse. No le permitía salir y cuando lo hacía la acompañaba y no la dejaba sola ni un instante. El oficial Benítez, que de cuando en cuando jugaba dominó con él, nos platicaba cómo sufría el "Che" con las bromas sobre cornudos. La fama de sus desavenencias creció con rapidez. Incluso Pepe llegó a afirmar haber escuchado gritos de dolor y auxilio partir del viejo caserón. El matrimonio contaba con los servicios de dos sirvientas, quienes se encargaban del quehacer general, las compras y los asuntos del hogar.

Al poco tiempo de casados el "Che" Díaz decidió cerrar la ferretería. Nunca se supo la razón pues era un negocio próspero. En ese mismo sitio se estableció una farmacia que no tardó en quebrar. A partir de ese momento poco se supo del matrimonio Díaz. Sin embargo, nunca dejaron de ser tema de conversación en toda comidilla. Se decía que él la golpeaba brutalmente, que ella se había provocado infinidad de abortos para no tener hijos de él, que en venganza el "Che" la encerraba en el sótano. En fin, los chismes sobre ellos no cesaban, a lo cual, sin duda, colaboraba la prolífica imaginación de Pepe.

Una noche el doctor García recibió una llamada urgente de la mujer de Juan Díaz. El "Che" se había desmayado al término de la cena y no habían logrado que recuperara el conocimiento. Fue trasladado de emergencia a un sanatorio privado donde se le hizo un primer diagnóstico: embolia cerebral. Posteriormente sobrevino un paro cardíaco. Después de varios días en terapia intensiva los médicos lograron estabilizarlo. Sobrevivió a un costo muy alto: la parálisis casi total del cuerpo. En adelante solo pudo mover los ojos y un poco la mano derecha.

Desde esa noche, hace siete años, hasta el día en que la descubrimos de nuevo en el mercado, no habíamos vuelto a ver a Estela. Se había encerrado en su casa a cuidar a su marido y solo en ocasiones muy contadas se le veía sacar a su esposo a tomar el sol en el balcón. Se sentaba a tejer junto a él, mientras Juan Díaz, inmóvil, fijaba su mirada en el infinito.

Como nunca en estos casos falta un maloso que se divierte con la pena ajena, a Estela la apodaron la "viuda". A fuerza de costumbre así se le terminó nombrando.

Durante todo ese tiempo se supo de una sola vez en que ella salió de su casa. Don Tomás, su padre, había vuelto a su pueblo natal en España, donde murió diabético. Esa tarde Estela fue a la iglesia a rezar y volvió a su hogar a enclaustrarse. Tampoco se supo de ninguna persona que los visitase, excepto el doctor García, quien se convirtió en el único informante sobre el matrimonio Díaz, ya que las sirvientas, respondiendo a una extraña fidelidad, se negaron siempre a hacer el más mínimo comentario sobre sus patrones.

Así pues, la aparición de la viuda Díaz en el mercado nos sorprendió a los cuatro. Se detuvo un momento en un puesto de frutas, compró naranjas y desapareció. No volvimos a saber de ella sino hasta un mes después.

II

De nuevo era viernes. Acabábamos de comer una deliciosa paella pedida expresamente a Don

Chucho para festejar el cumpleaños de Pepe. Celebrábamos ruidosos, brinde y brinde con cerveza, cuando Carlos la descubrió de nuevo.

—Allá va, allá va —dijo emocionado.

—¿Quién? —le pregunté.

—La viuda Díaz.

Vestía falda y blusa negra. El porte serio. Sus ojos verdes parecían no observar nada, fijos. Pasó a unos cuantos metros de nuestra mesa y desapareció. Iba sin maquillaje y con el cabello recogido. A mí me pareció atractiva.

—Está guapa —comenté.

—¿Hablas en serio? —preguntó Pepe.

—Sí.

Pepe rio. "Pues a mí me parece muy flaca."

El miércoles siguiente Pepe llegó entusiasmado a platicar un chisme sobre los Díaz.

—¿Qué creen? —preguntó con emoción—, ¿qué creen que pasó en el mausoleo?

—¿Pues qué?

—Que desde hace un mes tuvieron que correr a las dos sirvientas porque ya no tienen dinero.

—¿Andan mal? —pregunté.

—Bastante —prosiguió Pepe—, tal parece que los ahorros se les han ido en atender al muerto.

—Ahora entiendo por qué es la viuda la que hace las compras —dedujo el oficial Benítez.

—Adivinaste, querido oficialito —dijo burlonamente Pepe—. Eres todo un Sherlock Holmes.

III

Varias veces más nos encontramos a la viuda Díaz. Siempre caminaba erguida, solemne, invariablemente vestida de negro y con el pelo recogido. Hacía sus compras con rapidez y apenas terminaba se dirigía presurosa a su casa, de donde no salía más.

Una tarde, me encontraba trabajando en la oficina, mi secretaria me anunció a la señora Estela Díaz. En un primer momento no la ubiqué, pero de pronto me di cuenta de quién se trataba. Le indiqué a la secretaria que la hiciera pasar.

—Buenas tardes —me dijo secamente al entrar.

—Buenas tardes.

—Soy la señora Estela Díaz —me dijo extendiendo su mano. Se la estreché.

—Sí, ya tenía el gusto de conocerla.

—¿De dónde? No lo recuerdo.

—Usted es hija de Tomás Galdós. Mi familia vivía frente a la casa de ustedes, en el Retorno 201.

Sonrió levemente.

—Creo recordarlo... sí... sí... Usted es uno de aquellos niños que jugaban fútbol en la calle.

—Exacto, pero tome asiento, por favor.

Me miró con fijeza y se sentó. Era amable, lo suficiente para suavizar el trato, pero no más.

A pesar de la enorme distancia me sentí atraído por ella.

—¿En qué puedo servirle? —le pregunté.

Su expresión, un tanto dura, cambió un poco. Respiró hondo y me dijo:

—Vengo a verlo por un asunto familiar un poco doloroso para mí y me recomendaron con usted.

—Puede contar con mi confianza y discreción.

—Resulta que mi esposo y yo tenemos algunas dificultades económicas y como usted tiene fama de buen corredor de bienes raíces...

—¿Quieren vender su casa? —interrumpí con brusquedad.

La interrupción pareció molestarle. Bajó la mirada.

—Sí, así es.

Comentamos acerca de los trámites necesarios para la venta, y pactamos un acuerdo sobre el total correspondiente a mis honorarios. Fijamos una nueva cita y se despidió en tono indiferente, lo cual no evitó que me siguiera atrayendo.

Al día siguiente, tocaba comida en el mercado, pensé en platicarles a mis amigos de mi nueva clienta. Preferí no hacerlo, algo dentro de mí me lo impidió. La tarde transcurrió de nuevo entre discusiones bizantinas y chismes calientes.

Estela volvió a mi oficina a los tres días. De nuevo me saludó fría y cortante. De inmediato se puso a tratar los asuntos que la habían llevado a mí. Portaba las escrituras de la casa, planos y otros documentos. En ningún momento permitió que cambiáramos de tema. Extendió los papeles sobre mi escritorio y con decisión afirmó que la casa debía venderse en por lo menos tres millones de pesos. Yo le aseguré que era un precio demasiado alto, ya que el mercado de bienes raíces tendía a constreñirse. Le propuse como precio base dos millones y medio.

—Me gustaría que lo consultáramos con mi marido —dijo y continuó—: ¿Tendría algún inconveniente en ir a mi casa? Es que él no puede salir.

—Sí, lo sé —dije. Me miró con extrañeza y murmuró algo que no llegué a escuchar. Me propuso una cita para dos días después. Acepté.

El "mausoleo", aquel caserón donde ella vivía, era para mí un lugar de leyenda. De niño me decían que ahí se alojaban fantasmas y temía pasar por enfrente. Así, ir a su casa presentaba para mí una doble motivación: conocer la intimidad de Estela y traspasar por fin el umbral fantasmagórico del mausoleo.

Como siempre me ha parecido que la puntualidad exacta es una falta de cortesía, llegué a la cita con quince minutos de retraso. Ella abrió la puerta y me revisó de pies a cabeza.

—Pensábamos que ya no iba a venir, señor Ruiz —me dijo en tono de reproche.

—Disculpe, se me atravesó un asunto en el camino.

Me hizo pasar y por un pasillo estrecho llegamos a la sala. La casa era semejante a como me la había imaginado. Amplia, oscura, con pocos muebles, alfombra raída, escalera de barandal de mármol, sofá en terciopelo rojo, enormes lámparas de cristal cortado y algunas porcelanas de adorno. Me fijé en las cortinas y no encontré indicio de que hubieran sido cosidas. De momento no llegué a percibir la figura inerme del "Che" Díaz sobre su silla de ruedas. Estaba colocado en una esquina y parecía una parte más del mobiliario. Me inspiró cierto horror. Estela se le acercó presurosa, le dio un beso, le acarició la cabeza y se arrodilló junto a él. Ante mí aparecía una mujer por completo distinta a la que había tratado. Era cariñosa, suave, tierna.

—Mi amor, este es el señor del que te había hablado. Es el que viene a ver lo de la casa.

Juan Díaz movió apenas los ojos. Sentí escalofríos. Me aproximé desconcertado.

—Buenas tardes, señor —le dije inseguro.

Cerró los párpados en señal de saludo. Parecía una iguana tirada al sol. La viuda lo mimaba con delicadeza.

—Juan, el señor Ruiz quiere platicar con nosotros sobre cómo fijar el precio de la casa.

El inválido movió con dificultad su mano derecha. Estela la tomó entre las suyas.

Empezamos a discutir el precio entre los tres y lo incluyo a él porque en verdad participó. Con movimientos de la mano o con la pura mirada, daba a entender lo que quería, aquello en lo que estaba o no de acuerdo.

Llegamos a una resolución. Pondríamos como precio base dos millones seiscientos cincuenta mil pesos.

Al finalizar Estela me llevó a conocer la casa. Era enorme. Contaba con ocho recámaras, de las cuales solo una estaba amueblada. Eso indicaba que, pese a todo, seguían durmiendo juntos. Me pareció inexplicable. No podía comprender que tuvieran la más mínima relación de pareja. Sin embargo, entre ellos parecía haber un gran amor. En cada pared, en cada rincón, aparecían fotografías de los dos juntos, besándose, abrazándose, queriéndose.

Me despedí. Él me despidió con la mirada, ella con una gran sonrisa.

El viernes me reuní con mis amigos. Carlos y el oficial empezaron a polemizar sobre el socialismo. Carlos planteaba que solo una revolución socialista, al estilo cubano, podía sacar adelante al país. Benítez, por el contrario, alegaba que el sistema mexicano ya había encontrado su propio camino, aparte de que Cuba era un fracaso. A pesar de oírlos no los escuchaba. No cesaba de pensar en Estela, sobre todo ahora que descubría su ternura. Cada vez me atraía más. Las discusiones políticas me empezaron a parecer insulsas y banales. Sentía que en la vida había misterios más importantes que resolver.

El miércoles siguiente, mientras comíamos, pasó la viuda Díaz y me saludó apenas con un ligero movimiento de cabeza al cual respondí con un "buenas tardes". Ella siguió su camino dejando en mi mesa a un trío de curiosos.

—Ahora tú, ¿de dónde la conoces?

—No sabíamos que se saludaran.

Les expliqué a grandes rasgos mi contacto con ella, mi visita a su casa, la reunión con su marido. Los tres me miraban pasmados, como si yo fuese un astronauta recién llegado del espacio. Me atiborraron de preguntas y no salimos de la fonda hasta las nueve de la noche, cuando ya no había nadie en el mercado más que don Chucho y nosotros. Terminé con dolor de cabeza. Mi compadre, que me conoce al derecho y al revés, me dijo:

—Se me hace que te estás enamorando de la viudita.

Me quedé callado. Tenía razón.

IV

Puse un anuncio en el periódico para vender la casa, pero pasó un mes entero sin que nadie respondiera. Mandé rotular letreros de "se vende" y solo logré que se interesara una persona, misma

que ofreció cuatrocientos mil pesos. La viuda
Díaz se comunicó conmigo por teléfono.

—Señor Ruiz, ¿qué ha pasado?

—Únicamente ha hablado una persona.

—¿Cuánto ofrece?

—Cuatrocientos.

—Está loco.

Transcurrió un mes, dos meses, tres y nada.
El solitario comprador subió su oferta a qui-
nientos mil y dijo que era lo máximo que estaba
dispuesto a pagar.

Una mañana la secretaria anunció a Estela.
Entró al despacho con los ojos llorosos.

—Señor Ruiz, nos urge el dinero, ¿qué sucede?

Le expliqué.

—Véndala a ese precio —ordenó.

—No vale la pena malbaratarla.

—Véndala, ya no tenemos dinero —comenzó
a llorar.

—Puedo prestarle.

—Véndala, por favor —dijo y salió bruscamente.

Rematamos la casa y los Díaz se mudaron a
un departamento de apenas una recámara. La figura de Juan, en un espacio tan reducido, adqui-
rió un relieve verdaderamente grotesco. A la vista
de un extraño parecía un objeto fuera de lugar.

El día que fuimos a tramitar las escrituras
a la notaría me atreví a invitar a comer a Estela.

Tenía deseos de conocerla más. Me respondió con un "no" rotundo. Insistí y terminó por aceptarme un café. El encuentro resultó incómodo y tenso por la gran frialdad con la cual me trató.

Como yo me había encargado también de arreglar lo referente a su nuevo departamento, la volví a ver. En esta ocasión resultó un poco más afable. De nuevo le propuse invitarla a comer y, para mi sorpresa, accedió.

Fuimos a un restaurante de comida china al que, casualmente, Estela había asistido a almorzar con su esposo. Ello se prestó para que me platicara de lo mucho que lo amaba, de lo buen hombre que había sido con ella, lo duro que había resultado resistir lo de su enfermedad y la tristeza que la embargaba por no haber concebido un hijo de él. Hablaba con absoluta sinceridad. Sus ojos brillaban. Le pedí que me tratara por mi nombre.

—Es que no sé cómo se llama.

—Ramiro —le dije.

—Es bonito nombre —susurró, en el único rasgo de coquetería que logré encontrarle.

De lo que siguió después no puedo acordarme bien. Recuerdo que subimos al automóvil después de comer y que en un arranque le declaré mi amor y lo mucho que me enloquecía. Traté de darle un beso. Giró la cabeza para evitar mis labios. No me gritó, ni mostró enojo, pero no volvió a decir palabra el resto del camino.

Cuando llegamos a su departamento e intenté pedirle una disculpa, ella descendió del vehículo, cerró la portezuela y sin aspavientos se metió al edificio.

Después del incidente no supe más de ella. Dejé de ir a las reuniones de los miércoles y viernes: ya me habían hartado. Sentí haber perdido algo fundamental en mi vida. Me hallaba desilusionado y molesto conmigo mismo: había actuado como un estúpido.

Una tarde en que todos habían salido ya de la oficina y me había quedado a terminar un trabajo pendiente, alguien tocó a la puerta. Abrí y me encontré de frente con Estela. Se le notaba nerviosa. Tenía ocho meses sin verla.

Entró. Respiraba con dificultad. Me miró con desamparo.

—Pase... pase... tome asiento, por favor —le dije.

Caminó dos pasos y volteó con violencia.

—¿Yo le gusto?

—Sí, usted lo sabe.

—¿Quiere hacer el amor conmigo?

No supe qué contestarle, pero inconscientemente mi cabeza ha de haber asentido porque ella dio como un hecho mi "sí".

Se comenzó a desabrochar la blusa maquinalmente. Me quedé impávido.

—Necesito dinero —me dijo con la voz entrecortada. Terminó por despojarse de la blusa. Se quedó inmóvil en medio de la oficina, semidesnuda. Era bella. Su piel se erizó.

—Necesito dinero —repitió—, deme lo que pueda, esto es lo único que puedo ofrecerle. —Se desabrochó el sostén y lo arrojó al piso. Se cubrió los senos con los brazos. Jaló aire con fuerza. En su cuello aparecieron manchas rojizas.

—Es que...

—Lo que pueda.

—No tiene por qué hacer esto —le dije. Tomé su blusa del suelo y se la devolví. Me miró sorprendida. Temblaba.

—Le puedo dar dinero sin necesidad de nada —proseguí.

Se dejó caer en un sillón, llorando. Se tapó el busto con la blusa. Lloraba sin cesar. Nunca la había visto más hermosa. Tuve ganas de abrazarla, besarla, amarla. Entre sollozos me relató que quería mucho a Juan, que lo amaba con toda su alma y se le moría. Que necesitaba el dinero, que por favor le ayudara. Me acerqué a ella para tranquilizarla. Se veía deshecha, dolida. Lloré yo también y terminé por estrecharla. Se calmó poco a poco. Se vistió mientras yo miraba hacia otro lado.

Más serena me explicó que Juan había caído en estado de coma y que ya no tenía dinero para pagar los gastos del hospital. Los médicos le daban amplias esperanzas de que se recuperaría. Su amor me pareció por encima de todo y quise

salvarlo. Fui a la caja fuerte, extraje veinte mil pesos y se los entregué. Me lo agradeció, dio media
vuelta y partió.

V

A los cuatro días falleció Juan. Asistí a su
funeral acompañado de Carlos, Pepe y el oficial
Benítez. Fuimos, junto con las dos antiguas sir-
vientes, los únicos asistentes. Estela no se presentó.

Al mes murió ella. Según los médicos había
fallecido de una añeja afección respiratoria. Yo sé
que murió de tristeza, que murió de amor. Fui
con mis amigos a su entierro. No paré de llorar
toda esa tarde.

(1986)

En la obscuridad

A Patricia Arriaga

Extraño los rostros, no los colores, porque los colores han invadido el espacio de mi obscuridad y son lo único que permanece inalterable de las imágenes de mi pasado. Mi vida se ha traducido en una sucesión de colores y palabras, de olores y sensaciones que carecen, para mi pesar, de rostro alguno.

Así, todo aquel que me habla se transforma dentro de mí en un haz informe de colores. Cada persona, un color, cada grito, un color, cada instante, cada aroma, cada noche, cada día, un color. Pero ya no hay caras, porque ninguna puedo recordar.

Estoy hambriento de rostros. Las figuras amorfas me cansan, me derrotan, me hacen perder el sentido de lo humano. Sé que hay rasgos erosionados por la vida y arrugas y cejas levantadas y muecas involuntarias y piel exhausta, pero no logro hacer la suma de un rostro.

Me entristece en particular no recordar la cara de Magda, su expresión, su sonrisa (¿alguna vez más habría vuelto a sonreír?), sus labios carnosos, sus pestañas rubias. Pero sobre todo me hace falta su mirada. Ahora solo la oigo, la huelo, la siento. Percibo en ella su odio, su interminable reproche, su rabia por no haber tenido el valor de abandonarme.

No perdona mi ceguera, estos veinticinco años vacíos de luz. Bastó un accidente para que el hombre amado, querido, el pintor que admiraba, se convirtiera en el tosco objeto de su culpa y su resentimiento.

Cuando quedé ciego, Magda hizo el esfuerzo de paciencia que debe suponer toda compasión fundada en un mínimo de amor. Pero pronto dejó de soportarme. Recriminaba mi torpeza recién adquirida. Le molestaban mis tropezones, mis caídas imprevistas. Olvidó cualquier tipo de concesión: cerraba las puertas de los closets con llave, dejaba sus zapatos estorbando el paso, se iba al trabajo sin apagar la radio o la televisión.

Lo soporté todo: me aterraba la idea de perderla. En el océano de mi penumbra Magda era la única certeza a la cual me podía aferrar. Dependía de ella por completo.

Ciertamente tuve mis momentos de independencia. Hasta me llegué a creer el cuento de que los ciegos son capaces de valerse por sí mismos. Aprendí a leer y a escribir en braille, encontré un trabajo como recepcionista contestando llamadas (un trabajo idiota que en aquel entonces me hizo sentir maravilloso), incluso intenté cocinar platos refinados.

No tardé en darme cuenta de que todo era un engaño. Podía resolver los problemas que surgían de la falta de vista, no los de ausencia de mirada. Me sentía imposibilitado para entrar en contacto con los demás, para comprenderlos, para descubrirlos. Cómo hacerlo si carecía de lo más elemental.

Mi ceguera me tornó en un pusilánime y me hice aún más dependiente de Magda. Quise recuperar falsamente mi dignidad y después de mucho llorar le pedí que me abandonara, que fuera a cumplir con el futuro que yo no podía brindarle.

Todo ello no era más que un ejercicio masoquista: sabía bien que jamás podría vivir sin ella, que la necesitaba (más como ciego que como hombre). Pretendí cumplir así con el formalismo lloriqueante de quien se sabe repudiado por inválido.

Ella partió de inmediato, como si solo estuviera cazando la oportunidad para largarse. Sin embargo, a los dos días regresó. Padre, madre, hermano mayor, hermanita, amigo y amiga favoritos, prima, tía, abuelos la condenaron al instante.

Ingrata (por parte de los padres), pérfida (por parte de los abuelos), hija de la chingada (a cuenta del hermano mayor), insensible (a cuenta de amigos favoritos), cabrona (por parte de la prima) y mala (obviamente por parte de la hermanita) fueron algunos de los epítetos que le endilgó el conglomerado familiar.

Magda no pudo más y regresó llena de culpa y de odio contenido. Pretendió un arrepentimiento sincero y una actitud dulce. Se advertía en ella, sin embargo, la furia que produce la resignación forzada.

Fue en esos días que le hice el amor por última vez (mas no la última vez que hice el amor: siempre encontré mujeres morbosas anhelantes de observar los ojos de un ciego en la culminación del acto sexual). La desnudé despacio, con esmero. Quería mimarla, hacerle sentir mi deseo de agradar (y que casi era un deseo perruno por agradecer). Empecé a besarla decidido, pero su boca apenas respondió. Acaricié aquellos lugares que pertenecían a antiguas rutas de placer, pero no logré excitarla.

Cuando quise penetrarla, su vagina exudaba repulsión. Mi falo luchó primitivamente para recorrer el camino que creía familiar. Mis suspiros y gemidos se esparcieron solitarios por las paredes de la habitación.

Cuando terminamos ella se levantó bruscamente. La sentí colocarse junto a la cama e imaginé su rostro hastiado (en aquel entonces aún podía imaginarlo). "No quiero que nunca, nunca más en la vida me vuelvas a tocar —me dijo—, no lo puedo soportar."

Esa misma noche cambiamos mis cosas al cuarto de los niños (esos niños imaginarios que ocupan los espacios de toda pareja recién casada) e instalamos entre ambos una frontera infranqueable.

Jamás volví a poner un pie en lo que fue nuestra recámara. Quise que ella se encerrara sola en el lugar que habíamos elegido para lo posible y que mi ceguera transformó en imposible.

Poco a poco su odio creció (yo no podía odiarla: cómo odiar mi único enlace con el mundo; cómo odiar careciendo de mirada). Sus movimientos rígidos, inflexibles, maquinales lo hacían patente segundo a segundo. La oía llorar por las noches, quedarse dormida, roncar, hablar entre sueños, despertarse, abrir la regadera. La oía tender su cama, desayunar, lavar sus trastos (cada quien tenía que prepararse el desayuno y lavar sus platos, era el residuo de un acuerdo formulado cuando éramos novios), ponerse un suéter (siempre temía resfriarse) y salir al trabajo. Y todo aquello que le escuchaba tenía un común denominador: estaba hecho con odio.

Pronto su existencia se convirtió en una duda. Magda parecía un sueño manifiesto solo en algunos momentos del día. Un sueño mudo y hostigante. Era la estela de su olor lo que me confirmaba su ser real.

Mi vida se centraba en Magda. Los dos únicos amigos que tenía desde hace mucho viven lejos de mí (a unas cuantas cuadras de mi casa). Mis padres murieron en el mismo accidente en el cual perdí la vista, y mi hermana, cada vez que viene a verme, no deja de gimotear, razón por la cual la rehúyo.

Durante algún tiempo los modos de Magda se suavizaron. Percibí su caminar más alegre, aun cuando seguía siendo rígido y marcial.

Traté de entender el súbito cambio en su persona y no pude descifrarlo sino hasta el día en que descubrí en su cuerpo un olor rancio: el aroma amargo del semen masculino.

Me enardecí y pude imaginar la furia impresa en mi rostro (esta fue la última ocasión en que pude recordar un rostro: el mío propio). Ella estaba en la cocina preparando unos huevos estrellados y entré a reclamarle su infidelidad. Le grité puta, arrastrada. No me hizo caso y siguió cocinando.

Su actitud me violentó aún más. Me abalancé sobre ella y me prendí con fuerza de sus cabellos, jaloneándola de un lado al otro. Ella tomó el sartén en el cual preparaba los huevos estrellados y, literalmente, me los estrelló en la cara (acompañados, claro está, del sartén mismo, que por fortuna aún no se calentaba).

Me reventó la nariz y sentí la viscosidad de la sangre bajar por mis labios. La solté. Ella me gritó: "eres un pendejo, un verdadero animal", a la vez que me golpeaba de nuevo con el sartén (en mi cara, la que había recordado por última vez). Salió de la cocina azotando la puerta. Intenté seguirla, pero tropecé con una silla del comedor que ella había movido a propósito. Caí y quedé inmóvil, tirado boca abajo en el suelo. Advertí cómo la sangre encharcaba la alfombra e imaginé el color rojo, consistente, brillante, fluido.

Mi cabeza se llenó de imágenes de rojo, de ríos de rojo, de círculos de rojo, de rojo nada más. Nunca antes había resentido con tal fuerza mi invalidez. Me encontraba con la cara aplastada contra el suelo, sangrante, vencido y con los celos consumiéndome.

Amanecí en la misma posición ridícula. Me despertó el sonido de la regadera, del agua disparada sobre el cuerpo corrompido por el semen ajeno. La sangre endurecida alrededor de mi nariz, la alfombra pegajosa, la boca hinchada con los labios embarrados de huevo eran la muestra palpable de mi derrota.

Magda salió del baño, se vistió y se encaminó hacia la puerta. Se detuvo junto a mí, no dijo palabra y partió.

Aquella noche regresó tarde. Yo dormía. Tocó suavemente a la puerta y entró sin darme la oportunidad de contestar a su llamado. Se sentó en el borde de la cama y me tomó de la mano. "No vale la pena reclamar —dijo apaciblemente—, vale más comprender." Su cuerpo no cargaba con el aroma del enemigo. Me besó en la frente y salió. Lloré: ya no me importaba entender su infidelidad, sino explicar su odio.

A partir de aquel día el semen ajeno se hizo parte de su olor, como si fuera una fragancia que partiera naturalmente de ella. Sin embargo, jamás faltó una noche a casa, ni mencionó la posibilidad de dejarme, y se hizo costumbre que me besara en la frente al llegar por la noche.

En alguna ocasión pretendí hacerle sentir el olor de otra mujer en mi cuerpo (por lo general, cuando me acostaba con alguna, procuraba por todos los medios desprenderme de su aroma).

Fue un día en que acabé en la cama de la secretaria del jefe de Magda. Era una mujer inmensa, cuyos muslos gelatinosos desbordaban con facilidad mis manos. Comenzó a besarme con frenética ineptitud, lastimándome los labios. Después se dedicó a chupetearme el pecho, el vientre, los dedos de los pies, provocándome sensaciones que oscilaban entre el deseo y la náusea.

Su persona ocupó mi mente como una mancha blanquecina de tonos amarillentos (un color repugnante, parecido al de la pus). La gorda sudaba copiosamente y olía a... bebé.

Me preocupé, yo quería oler a mujer. Me unté del sudor de sus axilas, del flujo de su sexo. Nada, toda ella olía a bebé.

Su olor infantil terminó por anular mi excitación y me retiré dejando en aquel departamento a una gorda suplicante (no suplicaba placer, sino que fuera discreto; no se daba cuenta de que su misma e infinita obesidad era garantía de discreción).

Cuando llegué a la casa, Magda ya se encontraba ahí, impregnada de su inseparable aroma masculino (¿por qué tenía que hacerlo todos los días?, ¿por qué no podía dejar de coger la puta de mierda?). Me sentí ridículo apestando a bebé frente al poderoso olor a esperma que emanaba de ella y humillado me retiré a mi cuarto.

La mitad de mi vida he sido un ciego y pronto cumpliré los cincuenta y un años, el 4 de agosto para ser exactos. Sé que ese día Magda entrará temprano a mi habitación y me felicitará secamente antes de salir a buscar el sustento mutuo y las eyaculaciones enemigas. En todo este tiempo me he acostumbrado a su odio, un odio que de tan cotidiano se ha tornado ineficaz, monótono, de rutina.

Hace una semana los médicos descubrieron que Magda tiene cáncer en los senos y desde hace un mes sabían que un cúmulo de tumores le había invadido la matriz.

Aunque su cuerpo se pudre, no ha dejado de buscar a diario el semen del otro, o los otros. Sabe que no vivirá más allá de seis meses y la he escuchado llorar por ello. Se lamenta por un futuro que nunca llegó, por no haber vivido con el hombre amado (yo), sino con el hombre detestado (yo).

No disminuye ni su rencor ni su culpa y seguirá igual hasta la hora en que muera. Yo no busco de ella ni que me pida perdón, ni que me perdone.

Ya que Magda va a desaparecer pronto, deseo como nunca recuperar su rostro, aunque sea un momento, aunque lo encuentre repleto de odio. Quiero una última vinculación con ella, es lo único que pido.

(1986)

Nueva Orleans

A Álvaro Mutis

En la sala de la casa del doctor del Río los hombres discuten. El humo de cigarro ondula entre sus rostros. Todos se hallan sentados, excepto uno. Habla con voz exaltada:

—Insisto, este tipo está loco, no podemos dejar que viva aquí —dice el doctor manoteando.

Porfirio Jiménez menea la cabeza, lentamente se va. El doctor lo descubre y lo increpa:

—¿No qué, Porfirio?

Porfirio alza los ojos y detiene su mirada en el rostro rubicundo e infantil del doctor que ansioso espera una respuesta.

—No hay que exagerar, es solo un borracho.

—No, no y no —interrumpe el doctor alzando la voz—, no exageramos, ese cabrón es un peligro...

—Es una amenaza —interrumpe Luis.

—¿Para quién? ¿Para quién es una amenaza?

—Carajo, Porfirio —chilló el doctor—, qué no ves que es un criminal.

—No invente, doctor...

El doctor está a punto de insultar a Porfirio, pero se contiene. Sus miradas se entrecruzan unos instantes y ambos la cambian simultáneamente hacia otro punto. Los cuatro hombres callan. El doctor y Porfirio se vuelven hacia Artemio, esperando su apoyo.

—Y tú, ¿qué piensas? —pregunta Porfirio.

Artemio se endereza en el sillón. Su mirada resbala de un lugar a otro. Después de unos segundos contesta:

—La verdad de las cosas, Porfirio, a mí me parece que el nuevo vecino sí es peligroso y creo que hay que obligarlo a que se largue de aquí.

El doctor suspira satisfecho.

—¿Y cómo piensan hacerlo? —inquiere Porfirio.

—Como se pueda —musita el doctor.

* * *

Medía más de dos metros. Era viejo, tenía el rostro picado de viruela y los antebrazos tatuados con águilas. Había llegado al Retorno hacía tres meses. Nadie sabía quién era ni a qué se dedicaba. Por las noches gritaba alcoholizado y rompía las ventanas. Salía poco a la calle y cuando lo hacía asustaba a los niños, que corrían a esconderse de él. Caminaba con paso lento y firme. No saludaba a nadie. Hablaba solo.

* * *

¿Por qué no pude encontrarte? En las noches soporto menos tu ausencia. No lo resisto. No.

* * *

Yo no sabía, doctor, que se trataba del hombre ese. A mí la casa me la rentó una señorita muy amable, muy bien vestida. De haber sabido lo que iba a pasar yo no le rento la casa. Usted lo sabe, doctor, yo no busco líos. Es más, no lo quiero en mi casa. Pero ahora ¿cómo le hago para sacarlo? No está fácil, doctor, firmaron contrato por dos años. No lo puedo echar así nomás. Y sé que el señor ese rompe los vidrios de la casa y hace muchos escándalos, pero a mí me paga bien y puntual, y los vidrios los manda a arreglar luego, luego. Yo la verdad no me quiero meter en problemas, y como ya no vivo en el Retorno...

* * *

Hiciera calor o frío, siempre salía vestido con un desgastado abrigo azul de lana. Llevaba el cabello largo hasta los hombros, alborotado. La barba sin rasurar. No recibía visitas y parecía que nadie lo quisiera visitar.

* * *

—A lo mejor mi primo Rafael, que trabaja en la Delegación, puede ayudarnos —dijo Luis.

—Tenemos que hallar la forma de que se largue —dijo el doctor del Río.

—Legalmente no le podemos hacer nada, porque nada nos ha hecho —dijo Porfirio.

—Nos despierta a todos por las noches —afirmó Artemio.

—Podemos ir a la policía a decir que el loco se robó una casa o molestó a una niña o qué se yo.

—¿Por qué mejor no hablamos con él?

El doctor miró burlonamente a Porfirio.

—¿Ah, sí? ¿Y quién va a ir a hablarle?

—Yo —contestó Porfirio.

* * *

Tuvo que haber sido un sueño. Ella debió ser un sueño. ¿Por qué sufro entonces por un sueño?

* * *

Una tarde lo encontraron los niños tirado junto a las canchas de fútbol. Roncaba y su abrigo se movía al compás de cada respiración. Era enorme. Apestaba a alcohol y vómito.

Los niños, asustados en un principio, no se le querían acercar. Lo rodeaban desde lejos y se le aproximaban con miedo, huyendo despavoridos cuando el hombre emitía algún sonido.

Estuvieron así largo rato hasta que a Pedro, el hijo de Artemio, se le ocurrió tirarle piedras en la cara para ver si así despertaba. No despertó. Se hallaba absolutamente ebrio.

Otro niño se acercó lo suficiente para picarle en la boca con una vara. El hombre siguió súpito. Los niños se percataron de que no despertaría y lo llenaron de tierra, hojas y basura. Javier fue por una cubeta de agua a su casa. Se la vació encima y todos los niños huyeron a ocultarse.

El hombre no despertó. Tenía las manos manchadas con sangre reseca y el abrigo roto. Estuvo así, tirado, hasta el amanecer.

* * *

¿Por qué en un segundo se pierde todo? ¿Qué se traga la vida en un instante?

* * *

Era una fría y nublada tarde de sábado. Los niños jugaban en la calle. Porfirio Jiménez caminó hasta la casa del hombre. Apagó su cigarro, exhaló el humo y tocó el timbre. Nadie le contestó. Esperó unos minutos y volvió a tocar. No obtuvo respuesta. Había decidido irse cuando el hombre se asomó por una ventana.

—¿Quién? —preguntó sin gritar.

Jiménez caminó hasta la mitad de la calle para verlo.

—Porfirio Jiménez, su vecino.

El hombre lo observó extrañado. "Voy", dijo y cerró la ventana. Después de un rato abrió la puerta.

—Buenas —le dijo Porfirio.

—Buenas.

—Mire, vine porque quería platicar con usted un momento.

El hombre lo miró con indiferencia y con un ademán suave lo invitó a pasar. Despedía un olor acre.

Entraron a la casa. En la sala había pocos muebles, baratos y viejos. Unos cuantos cuadros, reproducciones de pinturas con temas marinos, adornaban las paredes. Al fondo colgaba un pez vela disecado, cubierto de polvo. Sobre la mesa del comedor se encontraban varias botellas de whisky fino, casi todas ellas vacías.

—Siéntese, por favor —dijo el hombre con cortesía.

Jiménez se acomodó en un sillón raído.

—¿Un café?

—No, gracias.

—Ahora regreso —dijo el hombre y subió las escaleras con agilidad.

Tardó en bajar. Jiménez se sintió ridículo de estar ahí. Tuvo deseos de irse, pero decidió aguardar. Escuchó la voz gangosa de un conocido locutor de televisión que provenía desde alguna habitación en la parte superior de la casa. Gruesos goterones empezaron a estrellarse en las ventanas y un momento después se desató un aguacero.

—Perdón por la tardanza —dijo el hombre mientras bajaba por las escaleras.

Porfirio se volvió a mirarlo. No había caído en cuenta de lo alto que era. Se puso de pie y le dio la mano. No le llegaba ni al hombro.

—Perdón, no me había presentado, me llamo Porfirio y vivo aquí mismo en el Retorno, en el número 16, donde estoy a sus órdenes.

De nuevo se sentó Porfirio en el sillón raído. El hombre se sentó frente a él.

—¿En qué puedo servirle? —preguntó el hombre con amabilidad.

Porfirio no supo qué contestarle. El hombre se levantó y se dirigió hacia la mesa del comedor. Apacible, abrió una botella y se sirvió un vaso con whisky y se lo bebió de un solo trago.

—¿Quiere un poco? —ofreció el hombre.

—No, gracias.

El hombre se sirvió otro vaso y fue a sentarse. Porfirio tomó aire y comenzó a hablar titubeante.

* * *

El agua siempre trae consigo una señal. Cuando navegaba de noche y el mar estaba obscuro y solo se escuchaba el runrun del agua chocando contra la proa, yo sabía que ahí había una señal, una señal que nunca pude o quise entender.

＊＊＊

El doctor del Río increpa a Porfirio.

—No puedo creer que no le hayas dicho nada.

Porfirio se incomoda, replica.

—Fui a...

El doctor lo interrumpe.

—... a hacerte el pendejo.

Porfirio, molesto, lo mira fijamente.

—No me gusta que me hablen así.

—Perdón, Porfirio.

Los cuatro hombres callan y miran al piso. Luis rompe el silencio.

—¿Cómo es el tipo?

—Amable... me pareció un buen hombre.

—Entonces ¿por qué hace tantos desmadres? —pregunta Artemio.

Porfirio se encoge de hombros.

—La otra noche Carmen y yo no pudimos dormir por culpa de su griterío —dice Luis—. Gritaba puras incoherencias.

—Yo insisto en que es un peligro —dice el doctor.

Porfirio menea la cabeza.

＊＊＊

El hombre se sentó en la banqueta. No había nadie en la calle y acababa de llover. Atardecía.

Sacó un pedazo de papel de su abrigo azul y con cuidado lo dobló para hacer un barco. Lo colocó sobre el agua que corría por el arroyo y lo siguió con la mirada hasta que desapareció por la coladera. Comenzó a llover de nuevo y él, empapado, se quedó ahí contemplando el agua encharcar el pavimento.

* * *

En este mundo no hay Dios. Aquí las cosas, los hombres, los animales se mueven solos. Este caos es lo que llamamos vida... una pérdida de tiempo.

* * *

Llamaron a la puerta tres veces y a la cuarta escucharon la voz ronca del hombre:

—¿Quién?

Porfirio se asomó y el hombre lo reconoció, pero no reconoció al otro que iba con él.

—Ah, sí, ahora voy.

El hombre abrió la puerta. Porfirio lo saludó y le presentó al doctor del Río, pero no atinó a decir el nombre del gigante porque no lo sabía. El hombre estrechó la mano pequeña y regordeta del doctor.

—Mucho gusto —dijo. El médico no contestó—. Pasen, por favor. ¿Qué les ofrezco de tomar?

—Nada, gracias. Acabamos de comer —contestó Porfirio.

El hombre sonrió. Los invitó a sentarse, pero él se quedó de pie. La tarde era soleada y fresca.

—Me da gusto que me visiten vecinos —dijo. Caminó hacia la ventana y miró el cielo.

—No va a llover en mucho tiempo. Ojalá así fueran todos los días —musitó.

El hombre se volvió hacia ellos y sonrió de nuevo.

—Hace calor —agregó y se despojó del abrigo azul. Lo dobló y lo colocó sobre el respaldo de una silla del comedor. Traía puesta una camiseta blanca manchada de sudor. El doctor observó las águilas tatuadas sobre sus antebrazos.

—Bonito día, ¿verdad? —dijo el hombre. Porfirio le iba a contestar una nimiedad cuando el doctor lo interrumpió.

—¿A qué se dedica usted? —preguntó con un tono retador.

El hombre giró el rostro hacia él y lo miró con frialdad. Caminó dos pasos y se paró enfrente del doctor.

—¿Conoce Singapur? —le preguntó. El doctor, desconcertado, no atinó a responder.

—¿París, Barcelona, Buenos Aires?

El doctor negó con la cabeza.

—Pues yo sí, amigo —dijo el hombre. Su cabeza rozaba la lámpara del techo.

Porfirio, confuso, no hallaba las palabras justas para aliviar la tensión y solo alzaba las manos nervioso. El hombre miró despectivamente al doctor. Dio la media vuelta y con lentitud se dirigió a la mesa del comedor. Sirvió tres vasos de whisky y se los ofreció.

—No bebo —dijo el doctor.

El hombre lo observó con indiferencia. Bebió el contenido de uno de los vasos y dijo apaciblemente:

—Mejor.

* * *

Quisiera volver a hablar con los muertos. Con Key y con Chico y con Martín. Pero sobre todo contigo, Katty, Katty, mi amor.

* * *

—... nos dijo que había sido capitán de un barco mercante y que había viajado por todo el mundo. La casa de la señorita Elisa se la rentó su sobrina, que dice que está casada con un funcionario de Hacienda. Se la pasa tomando whisky y vive como un puerco —relató el doctor.

—¿Y le dijo que ya no gritara tanto? —le preguntó Artemio.

—No, no pude, pero para la próxima lo pongo en su lugar.

* * *

El barco entró al puerto al despuntar el día. Desde temprano los estibadores trabajaban afanosos en los muelles. Mujeres desmañanadas, con el rímel corrido y tufo a aguardiente, esperaban adormecidas a que los marineros descendieran por la escalerilla.

El hombre suspiró hondo y recibió con agrado el olor húmedo y dulce proveniente del río. Le gustaba Nueva Orleans. Le agradaban los lugares donde se juntan los ríos con el mar. Le recordaban Tampico, donde había nacido y se había hecho marino.

Salió del camarote y el oficial de puente le reportó las actividades realizadas. El capitán lo escuchó y al terminar le dio varias órdenes en voz baja y suave. El oficial se retiró a cumplirlas.

El hombre se recargó en uno de los barandales para supervisar el desembarco de la mercancía. Un amigo suyo lo saludó desde el malecón y el hombre le respondió en francés. El amigo soltó una carcajada y agitando la mano se despidió.

Al finalizar el descargo de las mercancías, el hombre descendió de la nave, se detuvo en medio del muelle, llamó a tres marineros y partió a comer con ellos.

* * *

—Carajo, Luis, ve a callarlo —gritó Carmen.

—Está loco... ¿no entiendes?

Carmen se llevó las manos a la cabeza.

—Estoy harta, harta, tienes que hacer algo —chilló.

—¿Pero qué?

—Algo... lo que sea, ya no lo aguanto más.

Ella se sentó en el borde de la cama y empezó a llorar. Luis trató de abrazarla, pero ella lo empujó.

—¿Es que no eres lo suficientemente hombrecito?

Luis miró por la ventana hacia la casa del hombre. Sus gritos retumbaban en la habitación.

—No puedo... —susurró.

Carmen lo miró con rabia.

—Pinche maricón.

* * *

Amaneció con bruma. El barco calentaba motores y el capitán realizaba los preparativos para dirigirse hacia San Luis Missouri. Le agradaba navegar por el Mississippi, llevar el barco por entre los recodos del río y observar por las tardes las llanuras planas y achatadas. Alguien tocó a la puerta de su camarote.

—Capitán, buenos días —dijo un grumete.

—Buenos días, ¿qué pasó?

—Lo buscan.

—¿Quién?

—Una mujer.

—¿Cómo se llama?

—No sé.

—¿Y qué quiere?

—Dice que quiere hablar con usted. Viene con una niña.

—Que venga.

El capitán se recargó sobre la baranda y vio al grumete regresar por el pasillo acompañado de una robusta mujer negra que de la mano traía a una niña blanca de unos cuatro años de edad.

—*Good morning* —dijo ella.

—*Good morning.*

La mujer preguntó si la recordaba.

—No —dijo él.

—*I am Jane, Lucy's friend.*

El capitán escudriñó de nuevo el rostro oscuro de la mujer y la recordó vagamente. Rememoró verla entrando en el pequeño apartamento que él había compartido con Lucy, y haber platicado con ella algunas ocasiones.

—*I remember now* —dijo y con un gesto la invitó a pasar al camarote, la mujer declinó.

—*And Lucy?* —preguntó él.

Ella le dijo que se había ido. Él preguntó a dónde. La negra alzó las cejas. Jaló a la niña y la puso delante de sí.

—*This is Katty... Lucy's daughter... your daughter.*

El hombre volvió los ojos hacia la niña y su mirada se cruzó con la de ella. Se agachó y le acarició la cabeza. Supo que ella era su hija, no le cupo duda.

La mujer le dijo que ya no podía hacerse cargo de la niña, que estaba cansada de atenderla. El capitán la interrumpió, sacó tres billetes de cien dólares de uno de los bolsillos de su abrigo azul y se los entregó. La mujer tomó el dinero y se lo guardó en medio del sostén.

—*Have luck* —dijo, dio media vuelta y partió.

La niña quiso correr detrás de la negra, pero el capitán la detuvo. Ella lo miró asustada. Con suavidad el hombre la levantó en sus brazos. La niña pataleó desesperada. El capitán le dirigió unas cuantas palabras en inglés, le besó las mejillas y la metió al camarote. La niña rompió en llanto al ver la puerta cerrarse.

* * *

Siento que algún día vas a entrar a la casa y me vas a decir que todo fue una pesadilla, que estás ahí y que ya no volverás a irte jamás.

* * *

—Te lo dije, Porfirio, te lo dije, el tipo es un asesino —gritó furioso el doctor apenas entraba a la casa de Jiménez. Porfirio, aún adormilado, preguntó:

—Asesino, ¿por qué?

—¿No sabes? —exclamó el doctor.

Porfirio se encogió de hombros.

—¿No?

—No.

—Pues el hijo de la chingada casi mata a Luis.

Porfirio se recargó sobre la pared. El doctor comenzó a manotear.

—Te lo dije, te lo dije.

—¿Cómo fue?

El doctor detuvo su manoteo incesante.

—Anoche Luis fue a pedirle que se callara —dijo e interrumpió su perorata para preguntar incrédulo: "¿Es que no oíste los gritos anoche?".

—No.

—Deberías de haber visto... el degenerado armó una escandalera del carajo que se oía hasta mi casa... entonces Luis, que no podía dormir, le fue a pedir que se callara. El cabrón estaba bien borracho y cuando Luis tocó la puerta, el energúmeno salió con una silla y se la estrelló en la cabeza... te digo que casi lo mata. Carmen me lo llevó en la madrugada. Luis chorreaba sangre por todos lados y tuve que coserlo con doce puntadas...

* * *

En San Luis Missouri el hombre llevó a su hija al parque de diversiones, al zoológico, a pasear por el río, a subirse al arco. Le compró juguetes, ropa, dulces. Él le hablaba en inglés, español, francés. La niña, desconcertada, solo lo miraba.

Al volver de San Luis Missouri el hombre mandó un telex a Veracruz, en el cual presentó su renuncia a la empresa transportadora. Solicitó a la naviera que depositaran su liquidación en un banco en Nueva Orleans. Era lo suficiente para vivir tranquilo con su hija durante varios años. Compró una vieja camioneta y buscó un lugar donde vivir. Encontró una cabaña de madera junto al Mississippi, no muy lejos del pueblo de Vacherie, y ahí se instalaron.

Pasó el tiempo y la niña se acostumbró a vivir junto con su padre. Vivían en paz. Ella había olvidado el infierno que había significado la vida junto a su madre. Él, por su hija, había dejado de beber.

Todas las mañanas, muy temprano, el hombre salía a recoger las redes que extendía a lo largo de la ribera. Al regresar ella ya tenía preparada la mesa con el desayuno. Después de almorzar salían rumbo a Vacherie a vender el producto de la pesca: algunos cangrejos y mojarras. Negociaban con el comprador en el mercado de mariscos y, mientras su padre hacía la transacción, Katty vigilaba que los cangrejos fueran bien pesados.

Terminada la venta se iban a visitar a algún amigo o a jugar a un pequeño parque en el centro del pueblo. Al caer la tarde regresaban a la cabaña. En el camino se detenían a comprar leche y queso a un anciano negro y arrugado. Por la noche él le narraba historias sobre los lugares que había conocido y ella le preguntaba de todo.

* * *

Luis se sentía mal, no por las heridas en la cabeza, sino por algo más profundo. Él sabía que el hombre no había querido hacerle daño. Estaba ebrio y no deseaba pelear, ni alegar. Ya se había callado y había pedido disculpas, pero Carmen quería que Luis lo golpeara, que lo echara de ahí de una vez, y Luis, no, vámonos, y ella empezó a gritarle al hombre y a insultarlo y el hombre comenzó a llorar y ella le dijo que era un cobarde y un pendejo y le dijo a Luis que él también era un cobarde y un pendejo y Luis no supo qué hacer y Carmen se lanzó a patear al hombre y el hombre trató de quitársela de encima y ella no cejaba y Luis no sabía qué hacer y ella los insultó a los dos y el hombre empujó a Carmen y ella le gritó a Luis que no fuera maricón, que la defendiera, y Luis no sabía qué hacer y ella urgiéndolo a que le pegara y el hombre les gritaba que se largaran y Luis se quedó quieto sin saber qué hacer y Carmen le arrojó una botella al hombre y el hombre la esquivó y furioso cogió una silla y tambaleante se dirigió hacia Carmen y Carmen se asustó y chilló y Luis trató de defenderla y el hombre le reventó la silla en la cabeza y Luis cayó inerte, bañado en sangre, y el hombre tuvo miedo y huyó por las escaleras y se encerró en su habitación y gritó y gritó...

* * *

Cuando Katty cumplió siete años su padre la inscribió en la escuela primaria de Vacherie. Ella lloró mucho el primer día de clases, pero pronto se adaptó a la rutina escolar. Hizo amigas y se divertía con ellas en los recreos.

El hombre la extrañaba por las mañanas y en ocasiones, después de vender los cangrejos en el mercado, se asomaba por las ventanas de la escuela para verla. Los niños pronto descubrían la enorme figura y le gritaban a Katty para que saludara a su padre, mientras la profesora hacía ademanes enérgicos para alejarlo de los cristales.

El hombre se retiraba después de mandarle un beso a su hija y se iba a jugar a las cartas con un grupo de músicos negros que se reunían bajo la arboleda de la plaza principal del pueblo. Ahí mataba el tiempo en espera de su hija.

* * *

No puedo dormir, tengo miedo. Le temo a la noche, porque la noche todo me lo puede arrebatar.

* * *

Comenzó a llover en Vacherie. Los aguaceros se prolongaron durante semanas y los noticieros pronosticaron precipitaciones aún más severas. El camino que conducía de la cabaña a Vacherie se anegó y no era posible transitarlo. Tampoco se podían tender las redes porque las enmarañaba la fuerte corriente del río. El hombre y su hija casi no salían de la cabaña. Se sentaban junto a la ventana a ver llover y a observar cómo el río arrancaba los arbustos de la orilla y cómo flotaban animales ahogados en las aguas turbias.

* * *

El agua, mi amor, está ahí, no tengas miedo, no teníamos miedo, no había qué temer, el agua, mi amor, no tengas miedo.

* * *

En la media noche Katty se levantó de su cama y se pasó a la de su padre. Le dijo que tenía miedo, que tronaba mucho el cielo y llovía demasiado. Él le dijo que nada iba a sucederle, que él había vivido lo mismo en altamar y se había dado cuenta de que nada pasaba.

El viento ululaba y se escuchaba el run-run del agua golpear las paredes de la cabaña. Un trueno reventó cerca y la niña gritó aterrada. El hombre la abrazó y la acostó junto a él para tranquilizarla. Se quedaron dormidos.

De pronto el hombre sintió que había agua por todos lados. Cargó a su hija y cuando corría hacia la puerta, la corriente arrancó la cabaña completa y la despedazó. La niña gimió desesperada y su padre la estrechó con todas sus fuerzas. Estaba oscuro y frío y la corriente los jalaba con rapidez. De la cabaña ya no quedaba más que maderos. El hombre se aferró a uno con una mano mientras con la otra sostenía a su hija. La niña lloraba cuando la corriente los sumió varios metros hacia el fondo. El hombre sintió que se ahogaba y soltó a su hija. Desesperado, comenzó a manotear tratando de encontrarla. Todo era negro, oscuro. Un remolino le hizo dar varias vueltas. Ya no sabía dónde se hallaba el fondo y dónde la superficie. Estaba seguro de morir. Hizo un último esfuerzo y se agarró de una cosa blanda y grande. Por un momento pensó que había recuperado a su hija, pero de inmediato se percató de que no.

Cuando al fin salió a la superficie dio una bocanada para jalar aire, trató de mirar a su alrededor, pero el río volvió a sumergirlo. Se asió a la cosa blanda y así pudo flotar de nuevo. La corriente lo arrastró por kilómetros de oscuridad.

* * *

¿Por qué?, ¿por qué tuve que soltarte? Katty, mi amor, ¿por qué?

* * *

—Espero, Porfirio, que con esto te convenzas de que ese tipo es una bestia y que hay que obligarlo a largarse.

Porfirio miró al doctor y bajó la cabeza, sin contestar. Luis los observaba desde la cama. La señora Carlota, la esposa del doctor, platicaba con Carmen en voz baja. Artemio llegó a la habitación, saludó tímidamente y se sentó en un extremo del cuarto.

—¿Qué pasó, Artemio? ¿Qué te dijeron en la Delegación?

—Hay que levantar un acta.

—¿Y qué más?

—Que Luis tiene que ir personalmente a hacerlo.

Todos miraron a Luis en espera de una respuesta.

—No voy a hacer nada —dijo. Carmen se volvió a verlo con coraje. Luis repitió: "No voy a hacer nada".

El doctor se levantó colérico.

—¿Cómo? —le increpó.

—Es un imbécil, doctor, es eso lo que es —dijo Carmen.

—Tú cállate, pendeja —le gritó Luis.

—Cálmense, por favor —intervino Artemio.

—Puto —le gritó Carmen a su marido y enfurecida salió del cuarto.

La señora Carlota observó asustada la escena. Porfirio se llevó las manos a la cabeza. El doctor jaló de un brazo a Artemio y lo condujo hacia la puerta.

—Si tú no vas a hacer nada —le dijo enérgico a Luis—, nosotros sí —y salió arrastrando a Artemio. Tras ellos partió la señora Carmen. Porfirio se puso de pie, sacudió la cabeza lentamente y salió sin decir palabra.

* * *

La encontraron una semana después, río abajo, inflada y pútrida, meciéndose entre un montón de ramas y troncos. Su padre la enterró en un pequeño cementerio de Nueva Orleans. Solo lo acompañó un viejo estibador cajún con el cual había trabajado alguna vez.

—*C'est la vie, monsieur capitain.*
—*C'est la vie? Merde la vie.*

* * *

Llegó el doctor a la casa del hombre, dispuesto a todo. Artemio, detrás de él, lo seguía temeroso. Encontraron la puerta abierta. El doctor entró dando zancadas rápidas. Artemio detrás de él. Se metieron a la sala y no lo hallaron. Revisaron la cocina, los cuartos, el patio, la azotea. Nada: ni él ni sus pertenencias. El hombre se había ido.

* * *

El agua siempre trae consigo una señal, una señal que no supe o no quise entender.

(1986)

La noche azul

A Álvaro Mutis

El coche negro y sin placas dio tres vueltas al Retorno y a la cuarta se detuvo frente a la casa del doctor del Río. Del automóvil bajaron dos hombres altos, uno fuerte y moreno, el otro gordo y de piel muy blanca. Tocaron el timbre. Un niño les abrió.

—¿Es la casa del doctor Tomás del Río? —preguntó el hombre alto y moreno.

El niño asintió.

—¿Se encuentra él?

El niño observó a los dos hombres un momento y entró a la casa. Segundos después apareció una figura baja y rechoncha.

—¿En qué puedo servirles? —preguntó el doctor sin abrir la reja a los desconocidos.

Sin contestar, el hombre alto y moreno metió la mano en el bolsillo de su pantalón y sacó una credencial. Se la mostró al doctor y este la revisó detenidamente.

—Es domingo —dijo el doctor—, tengo visitas... ¿No podrían venir otro día?

El hombre gordo, que se hallaba recargado sobre una de las portezuelas del automóvil negro, se acercó hacia el médico.

—Solo queremos hacerle unas preguntas —dijo.

—¿Sobre qué? —preguntó el doctor.

El hombre moreno contestó:

—Hay una denuncia en su contra...

El doctor respiró hondo, nervioso.

—Un momento, voy por las llaves —dijo y entró a la casa.

El hombre alto y fuerte sacó una libreta y apuntó algo en ella. El hombre gordo se puso a observar a un grupo de niños que jugaba béisbol. Llegó el doctor y les abrió.

—Pasen por acá, por favor —les dijo. Los hombres entraron. El doctor cerró de nuevo la reja con llave, condujo a los desconocidos por un pasillo que bordeaba la casa y los hizo pasar a un cuarto independiente que hacía la función de consultorio. El doctor cerró las cortinas, encendió una lámpara y los invitó a sentarse sobre unos sillones de cuero.

—¿De qué se trata? —preguntó ansioso.

El tipo moreno miró al tipo gordo y este miró al doctor y el doctor los miró a ambos, inquieto. El gordo se puso de pie.

—¿Conoce usted a una mujer llamada Laura Fuentes? —preguntó.

El médico contestó de inmediato que no, que no recordaba a ninguna persona con ese nombre. El hombre gordo comenzó a dar vueltas en torno al escritorio, pensativo. Se detuvo, sacó un cigarro y se lo colocó en la boca sin intentar prenderlo. El doctor le extendió unos cerillos que el otro rechazó.

—No, gracias —dijo el gordo—, ya no fumo, es solo para quitarme la tentación.

El hombre alto y moreno siguió apuntando en la libreta, concentrado en su tarea.

—En esta acta —dijo el gordo y extrajo un papel arrugado de una de las bolsas del saco— se asienta que usted la operó.

El doctor lo interrumpió bruscamente.

—No conozco a esa persona —dijo molesto.

El niño que antes les había abierto la puerta a los dos hombres entró al cuarto y se acercó corriendo al doctor.

—Papi, papi...

—¿Qué pasó, hijo?

—Que dice mi tío Arturo que ya te vengas, que van a jugar dominó.

—Dile a tu tío que ahorita voy, que estoy ocupado en el consultorio arreglando unos asuntos.

—¿Qué asuntos? —preguntó el niño.

—Unos —dijo el doctor—, ahora vete.

El niño observó a los hombres, susurró unas palabras al oído de su padre y salió.

—No la recuerdo —continuó el doctor—, no recuerdo haber operado a alguien con ese nombre.

El policía gordo tomó el acta y la leyó en silencio.

—Pues aquí —dijo señalando el papel— se afirma que usted la intervino quirúrgicamente.

—¿De qué?

El gordo hizo una pausa.

—Un legrado.

El doctor se incorporó con violencia y encaró al gordo.

—Yo nunca haría una cosa así... me oyó... nunca.

El gordo, tranquilo, lo recorrió con la mirada de arriba abajo y le extendió la hoja arrugada.

—Pues ahí dice que sí.

El doctor le arrancó el acta de las manos y comenzó a leerla.

—Esto es una mentira —dijo colérico.

El gordo se alzó de hombros.

—Demuéstrelo.

—Claro que lo puedo demostrar, pueden revisar los expedientes del hospital en el que trabajo, ahí podrán ver que yo nunca he atendido a la mujer esa Robles o Flores o como se llame.

El hombre alto y moreno, que no había dicho palabra, dejó de tomar apuntes y dijo pausadamente:

—Los hospitales, doctor, no registran los abortos.

El doctor se volvió a mirarlo con coraje.

—¿Quién me cree usted que soy? —le replicó.

El moreno bajó la cabeza y continuó escribiendo.

—Que venga la tipa esa a decirme en mi cara que yo la operé —increpó el médico. El gordo sonrió con sorna y caminó con lentitud alrededor del cuarto, dando zancadas largas y lentas, jugueteando con el cigarro apagado en la boca. Se detuvo.

—Eso no se puede, amigo, porque Laura Fuentes murió desangrada —dijo en voz queda y continuó:

—A nosotros nos vale si usted hace o no hace abortos... no nos importan los que se mueren antes de nacer, pero sí que se mueran los que ya nacieron, ¿me explico?

El doctor se dejó caer en un sillón sin saber qué decir. El gordo se sentó también. Los tres hombres se quedaron callados. De nuevo entró el niño.

—Papá, papá, ya vente, dice mi tío Arturo que no pueden empezar a jugar si tú no estás.

—Voy en un rato, hijo.

El niño se sentó en las piernas de su padre.

—Es que dice mi tío que te apures.

—Ya voy, dile que se espere un poco, que no tardo —lo bajó de sus piernas y le dio una nalgada suave.

—Anda, vete para la casa.

El niño salió dando brincos. El doctor lo miró salir y se quedó meditabundo. El moreno siguió con sus apuntes en la libreta. El gordo jugando con el cigarro.

—Insisto, señores —dijo el doctor, ya más tranquilo—, que no conozco a esa persona y que yo no realizo esas operaciones *se desangró, Tomás... se desangró y murió y tú sabías que se podía morir y claro que te acuerdas de quién era ella, era la muchachita delgada y pelirroja que tenía más de sesenta días de embarazo y le dijiste que no le iba a pasar nada, que era una operación sencilla y tú sabías que no, que era peligroso, pero no te importó... no te importó...*

El gordo se levantó, tomó el acta que había dejado el doctor sobre el escritorio y sin más empezó a leer en voz alta:

—El día catorce de julio del presente año, a las ocho con quince minutos falleció la señorita Laura Fuentes por las siguientes causas: 1) hemorragia vaginal por aborto inducido en embarazo intrauterino con periodo de gestación de sesenta y siete días, 2) infección...

—Yo no sería capaz —interrumpió el doctor *claro que fuiste capaz. Los citaste en una clínica de tercera, ella iba con su novio, ¿te acuerdas? Sí te acuerdas, era el tipo de cabello lacio y tú pensaste "esta va a ser un aborto de rutina", pero sabías que no, que había riesgo, mucho riesgo—.* Mi historial clínico está limpio, soy un médico decente.

—Eso no lo dudamos —dijo el policía gordo—, pero aquí se le acusa de negligencia profesional, prácticas médicas ilegales...

—Mentira... eso es mentira... yo no sé quién fue esa mujer *y llegaron temerosos, y revisaste a la muchacha y le dijiste que regresaran al día siguiente, que ella no desayunara nada y a él le pediste que trajera cinco mil pesos...* es una calumnia.

—El novio lo acusa —dijo el gordo.

—Está loco —vociferó el médico.

El hombre alto y moreno dejó de escribir. Colocó a un lado la libreta, guardó su pluma, se puso de pie y caminó hasta el doctor.

—Mire, ya deje de hacerse el pendejo. Usted y yo sabemos perfectamente lo que hizo, dónde lo hizo y cuánto ganó por lo que hizo. ¿Verdad que usted y yo sabemos todo eso?

El doctor miró asustado el rostro duro e imperturbable del cual salían palabras duras e imperturbables. El moreno continuó:

—No tiene caso que perdamos más el tiempo, nosotros ya investigamos y tenemos pruebas suficientes para refundirlo de menos doce años en el bote.

El doctor agachó la cabeza y se sentó. *Ella regresó al otro día y te dijo que se sentía mal, que sangraba mucho, y tú le dijiste que eso era normal y que lo que debía hacer era no caminar, ni usar zapatos de tacón alto y descansar unos días, que pronto se le pasaría y ella te preguntó si nada le iba a suceder y tú le dijiste que no, le mandaste penicilina y pensaste que ella era una fastidiosa y que su*

novio, que te observaba preocupado, era también
un tipo fastidioso.

—Sabemos a qué hora la operó, en qué clínica, en qué sala y quién le ayudó a operar. ¿Quiere que entremos en detalles?

El doctor alzó lentamente el rostro y negó con la cabeza.

—¿Y qué se puede hacer? —preguntó tratando de aparentar serenidad.

—¿Hacer de qué? —preguntó el policía moreno.

—Ustedes saben.

El moreno caminó hacia el doctor y le dio una palmada en la espalda.

—Como quien dice, ¿usted se quiere quitar de preocupaciones?

El médico asintió.

—Pues pienso que sí, que este asunto se puede arreglar, ¿verdad?

—Claro, claro —contestó el gordo.

El doctor miró a ambos policías. El moreno sonreía. El gordo jugaba con el cigarro.

—¿Qué proponen?

El moreno se encogió de hombros. El gordo no hizo mayor caso.

—¿Cuánto quieren?

El moreno adelantó su cuerpo hacia el doctor.

—Lo justo.

—¿Cuánto? ¿Les parece bien diez mil pesos?

Ambos policías rieron.

—No chingue, amigo —dijo el moreno—. Mire, estamos hablando de doce años en la sombra... doce años... ¿me explico?

—No puedo darles más.

—No, es muy poco.

—Bueno, veinte mil.

—Treinta mil y la esclava de oro que trae puesta —dijo el gordo.

—No, esta esclava no, es un regalo de mi esposa.

—Está bien, doc —le dijo el moreno al médico—, vamos a dejarlo en cuarenta mil, pero lo queremos ahora y en efectivo.

—No los tengo —les dijo—, pero para el martes se los consigo.

—No, mañana tenemos que entregar el reporte.

—Es que tengo que sacar el dinero del banco.

—Entonces no hay trato —dijo el moreno—. Vámonos.

—No, espérense, tengo un reloj que vale mucho más que eso, se lo puedo dar.

—A ver, tráigalo.

El doctor salió presuroso de la habitación. Los dos policías se mantuvieron sentados, sin hablar. Uno jugando con el cigarro. El otro revisando las notas que había tomado antes. Llegó el doctor.

—Aquí está, es un reloj bueno, muy fino, un Rolex.

El moreno tomó el reloj, lo examinó con cuidado, lo sopesó con ambas manos y al terminar se lo entregó al gordo que ejecutó el mismo procedimiento.

—Este reloj y la esclava —insistió el gordo.

El doctor tragó saliva.

—No, de verdad, cualquier otra cosa, pero la esclava no... pero si el puro reloj vale más de cincuenta mil pesos *ella se desangró lentamente en la madrugada y al amanecer sus padres la encontraron muerta y no sabían qué había sucedido y la cama y las sábanas estaban batidas de sangre.*

—Estos relojes son difíciles de vender —dijo el gordo— y a mí me gusta su esclava.

—Les doy el reloj y cinco mil pesos que tengo aquí —dijo el médico señalando su cartera *y ella pensó antes de morir que la noche estaba azul, muy azul, y asustada lloraba y se sentía mal y le aterraba ver su sangre correr sin detenerse.*

El moreno miró al gordo y con un movimiento de cabeza le dio a entender que aceptaba la oferta. El gordo guardó el reloj y extendió la mano para recibir el dinero. El doctor sacó la cartera y se lo entregó.

—Listo, doc —dijo el moreno—, asunto arreglado.

—¿Seguro?

—Aquí no pasó nada, en esas fechas usted estaba en Acapulco con su familia y jamás ha visto a Laura Fuentes, ¿verdad, pareja?

—Claro, claro, en este asunto nuestro amigo no tuvo nada que ver.

—Todo en orden, doc —dijo sonriente el hombre alto y moreno.

El doctor suspiró con alivio.

—Bueno, aquí se rompió una taza y cada quien para su casa —dijo el gordo.

—Los acompaño a la puerta.

Los tres hombres caminaron por el pasillo y llegaron hasta la reja de entrada. El niño, que jugaba en el patio, alcanzó a su padre y se le colgó del brazo.

—Me dijo mi tío Arturo que si ahora sí ya vas.

—Sí, dile que ya voy.

—Me dijo que te apuraras porque a las ocho quería ir a misa.

—Está bien, córrele a decir que no me tardo.

El niño se desprendió del brazo de su padre y corrió a la casa. El doctor abrió la reja y los dos hombres altos salieron.

—Hasta luego, doc —le dijo el moreno y le estrechó la mano.

—Seguro entonces, ¿verdad? —preguntó de nuevo el médico.

—Sí, hombre, despreocúpese.

—Hasta luego y gracias —dijo el doctor. El gordo se despidió con un ademán y el moreno volvió a estrechar la mano del médico.

Los policías subieron al automóvil negro sin placas. Del interior de la casa se escuchaban voces

y risas. Arrancó el automóvil. Los niños que jugaban béisbol en la calle se hicieron a un lado para
dejarlo pasar. El doctor cerró la reja con llave y se
encaminó a su casa *y ella pensó que la noche estaba
azul, muy azul...*

(1986)

En defensa propia

A John Page

Un *bruuoom* sonoro retumbó a lo largo del Retorno y rompió el silencio de la madrugada. Un segundo después volvió el silencio y treinta segundos más tarde se encendieron las luces de la casa de Álvaro Sandoval. A los dos minutos el teléfono llamaba en el domicilio del doctor del Río.

—Bueno —contestó el doctor aún adormilado y escuchó una voz temblorosa al otro lado de la línea.

—Doctor, doctor, venga pronto...

—¿Quién habla?

—Yo...

—¿Quién yo?

—Yo, yo, Olga Sandoval, venga rápido, por favor...

—¿Qué pasó?

—Una cosa horrible, horrible —la voz de Olga se quebró en llanto.

—Voy para allá —dijo el doctor y colgó el auricular. Prendió la lámpara del buró. La señora Carlota, restregándose los ojos, le preguntó lo sucedido.

—No sé, parece que hubo un accidente en casa de los Sandoval.

La señora Carlota se persignó. El doctor se vistió unos pantalones y una chamarra encima de la piyama.

—Ojalá y no haya pasado nada malo —dijo ella.

—Ojalá.

—Avísame si vas a tardar.

—Está bien.

Olga recibió en la puerta al doctor. Lloraba. El doctor la abrazó para tratar de calmarla y ella lloró aún más y llorando lo condujo a la cocina. Al entrar, el doctor descubrió tirado en el piso a un hombre joven que yacía en un charco de sangre. Álvaro le apuntaba con un rifle Winchester 70 calibre 30-06 con mira de cuatro poderes marca Bushnell montada sobre anilletas Redfield. Álvaro había escuchado ruidos en la planta baja. Primero pensó en su suegra, tan dada a comer bocadillos nocturnos, pero rectificó al oír pasos sigilosos. Sacó el arma de debajo de la cama, la cargó con una bala expansiva Winchester con punta Nosler de 165 granos y bajó despacio la escalera.

Vio la sombra de un hombre en la cocina. Respiró hondo y su corazón comenzó a latir apresurado.

Poco a poco la sombra se aproximó a la puerta que da al comedor. Álvaro se escondió detrás del sofá y puso fija la mira del rifle en el hueco de la puerta. Un bulto negro apareció y Álvaro, que nunca había podido matar ni una liebre con ese rifle, disparó.

El impacto hizo que el intruso rebotara contra el fregadero. Álvaro cargó de nuevo el rifle y volvió a apuntarle al ladrón, pero este ya no se movió.

Las luces del piso superior se encendieron y se escuchó un tráfago de pisadas y voces temerosas. Cauteloso, Álvaro caminó hacia la cocina y prendió la luz. Un hombre, más bien un muchacho, miraba el techo con los ojos bien abiertos. Respiraba con dificultad y de su hombro casi desprendido chorreaba sangre a borbotones.

Álvaro colocó el cañón del rifle sobre su cabeza. "No te muevas, cabrón." El muchacho volvió la mirada hacia él, sin moverse, sin hablar, jalando aire con la boca.

Olga bajó corriendo la escalera y al entrar a la cocina dio un chillido quedo. Ahora el doctor trataba de calmarlos y Olga lloraba todavía más. Caminó hacia Álvaro.

—Tranquilo... tranquilo...

—Se metió a robar —dijo Álvaro.

—Supongo que sí —dijo el doctor. Rodeó al muchacho y sin más lo pateó en la pierna derecha—. ¿Qué arma traes, hijo de la chingada?

El herido gimió pero no se movió. El doctor lo pateó de nuevo y otra y otra vez.

—Contesta, carajo.

El herido no volvió a moverse. La sangre borbotaba de su hombro y teñía de rojo su camiseta del América y su chamarra de mezclilla. El doctor se agachó sobre él.

—Deja ver si este desgraciado trae pistola. No le quites el rifle y si hace algo, le disparas.

El doctor esculcó las ropas del muchacho y al hacerlo se manchó de sangre.

—Este pendejo solo se vino con eso —dijo y señaló un desarmador largo de mango amarillo que había quedado junto al refrigerador, un Mabe modelo 860. El doctor se incorporó y se dirigió al fregadero a lavarse las manos.

—¿Tienes Fab?

Álvaro meditó su respuesta.

—No, solamente Ariel.

—¿También es quitamanchas?

—Sí.

El doctor se lavó las manos y Álvaro quitó el rifle de la cabeza del ladrón.

—Y ahora, ¿qué hacemos, doctor?

El doctor miró el hombro despedazado del herido.

—No tengo la más puta idea —dijo.

—¿Le hablamos a la policía? —preguntó Olga.

El doctor contempló de nuevo al hombre tendido a sus pies.

—No sé.

Sonó el teléfono. Olga salió de la cocina a contestarlo.

—Tus hijos no han visto nada de esto, ¿verdad? —preguntó el doctor.

—No, no, están arriba... los está cuidando mi suegra.

—¿Está aquí tu suegra?

—Sí, caray, ya lleva dos semanas.

—¿Y cuánto tiempo más se va a quedar?

—No tengo la más puta idea.

Volvió Olga.

—Doctor, le habla su esposa.

—¿Carlota?

—Sí.

—Gracias.

El doctor tomó el aparato y se sentó en una de las sillas del comedor.

—No, nada grave, mi reina... se cayó Álvaro por la escalera, mi amor... ajá... sí... no... ¿al hospital?... no... mhhh... adiós.

Regresó a la cocina. El muchacho seguía tirado en la misma posición.

—Voy a llamar a una ambulancia —dijo Olga.

—No, espera —ordenó el doctor con voz de mando.

—Este muchacho está muy mal —replicó Olga.

—Deja revisarlo.

—¿Se va a salvar? —preguntó Álvaro.

El doctor se encogió de hombros y se arrodilló junto al ladrón. El muchacho detuvo su mirada en el rostro del médico. El doctor rompió con brutalidad la camiseta y al hacerlo el muchacho gritó de dolor y se revolcó de un lado a otro. El doctor saltó para esquivarlo. Olga salió corriendo hacia la sala y Álvaro le apuntó con el rifle.

—Quieto, cabrón —le gritó Álvaro, pero el otro continuó revolcándose—. Quieto, carajo.

—Déjalo, se está muriendo —dijo el médico.

Álvaro lo miró desconcertado, levantó el rifle y se recargó sobre la pared.

—¿Llamamos a la Cruz Roja?

—Más bien al Ministerio Público, porque ya está en las últimas.

En la sala Olga sollozaba. Doña Leticia, su madre, bajó por la escalera. Notó que su hija lloraba y fue a abrazarla y lloró también. En la penumbra ambas mujeres parecían una sola. El muchacho por fin volvió a quedarse quieto.

—¿No puede hacer nada por él? —preguntó Álvaro.

—No lo haría ni aunque pudiera, pinche ratero.

—Y si se muere ¿qué hacemos?

—¿Qué haces? Dirás.

De pronto el muchacho empezó a jalar aire a bocanadas.

—Míralo, se está ahogando con su propia sangre. En este momento sus alvéolos empiezan a dejar de funcionar...

—¿A qué se debe eso?

—La bala interesó el pulmón.

Álvaro observó angustiado a su víctima. Sintió que el estómago se le encogía y que la cocina era cada vez más pequeña y que el hombre se le venía encima con su pulmón destrozado, con su sangre chorreante y su mirada desquiciada. Creyó desvanecerse, pero se sostuvo en pie.

El herido empezó a jadear cada vez más rápido. De su boca surgió un lamento ronco, profundo. Las órbitas de sus ojos giraron con rapidez. Con su mano derecha empezó a manotear en el piso y viró su cabeza en busca de aire, aliento: vida. Arqueó su cuerpo y cayó inmóvil.

—Ya —dijo el doctor. Álvaro inclinó la cabeza y vomitó. El doctor lo sacó de la cocina y lo llevó al baño. Luego caminó hacia la sala donde se encontraban las dos mujeres llorando en la oscuridad. Encendió una de las lámparas laterales y comenzó a hojear un Cosmopolitan.

—¿Qué pasó, doctor? —preguntó Olga. Con un movimiento de manos el doctor indicó que todo había terminado. Olga emitió un leve gemido y clavó su frente en el hombro de su madre.

Regresó Álvaro con el semblante descompuesto. Se sentó en un sillón frente a los demás.

—¿Qué voy a hacer? —preguntó con la voz entrecortada.

—Por lo pronto... calmarte —le respondió el doctor.

Álvaro empezó a sollozar suavemente.

—Lo maté —balbuceó.

La señora Leticia dejó de abrazar a su hija.

—Voy con los niños —dijo y se retiró.

El doctor se puso de pie y comenzó a caminar dando vueltas.

—No te preocupes, Álvaro, actuaste en defensa propia.

—Eso no quita que haya matado a un hombre —replicó Álvaro.

—Trataste de salvar su vida, llamaste a un médico, o sea, a mí.

—¿Y si hubiésemos llamado una ambulancia? —inquirió Olga.

—No, hombre, este tipo o se moría de asfixia o se moría desangrado o se moría de paro cardio-respiratorio o se moría del susto o...

—Por favor, doctor, no diga esas cosas —repeló Olga.

—Está bien, está bien. Ahora les voy a decir lo que me parece más importante.

Álvaro y Olga lo miraron atentos.

—Creo que no es conveniente avisarle a la policía ni decirle a nadie lo sucedido.

—Eso no se puede —replicó Álvaro indignado—. En la cocina hay un hombre que yo maté.

—Que tú mataste, carajo, por eso mismo no hay que decirlo a nadie.

—Fue en defensa propia, la ley me defiende, usted mismo lo dijo.

—Lo de defensa propia lo dije para descargar tu culpa, no para que le vayas con el cuento a la policía...

—No es ningún cuento...

—Tampoco es cuento la cárcel, ni tener metidos en tu casa a una sarta de imbéciles que se creen Magnum o Columbo o Mannix o...

—La ley tiene que protegerme.

—Entonces córrele a llamarle a la policía y demuéstrales que el tipo ese es un ladrón...

—Claro que es un ladrón...

—¿Seguro? ¿Ya le preguntaste a Olga? Qué tal si entre este y Olga...

—No había pensado en eso...

—Por supuesto que es un ladrón —interrumpió Olga— y no creo que convenga que alguien lo sepa.

Álvaro se llevó las manos a la cabeza y empezó a sobarse las sienes.

—Bueno, ¿y qué hacemos? ¿Lo descuartizamos y lo hacemos tamales, lo escondemos en la azotea o lo convertimos en abono para plantas?

—No digas barbaridades —gritó Olga—, esto no es un...

—No es un qué... —interrumpió Álvaro—, ¿un juego de Nintendo? ¿Qué es, chingados?

—Yo propongo que nos deshagamos del cuerpo lo antes posible —dijo el doctor.

—¿Qué?

—Me parece lo más razonable, Álvaro. Nadie acompañaba a esta basura, solo nosotros sabemos que tú lo mataste. Convéncete, hay que botarlo por ahí...

—Esa es una salvajada —sentenció Álvaro con rabia.

El doctor lo miró con enojo. Se dio la media vuelta y caminó hacia la puerta. Antes de llegar se detuvo.

—Haz lo que quieras, yo ya nada tengo que hacer aquí.

—No se vaya, por favor —chilló Olga y corrió a detenerlo.

—Tu marido es un necio.

—Está nervioso, solo es eso.

—Perdón, doctor, perdón —susurró Álvaro.

El doctor y la mujer regresaron a la sala. Álvaro empezó a sollozar.

—Olga, trae una sábana o una cobija vieja —ordenó el doctor.

La mujer subió con rapidez la escalera. El doctor se sentó junto a Álvaro y le palmeó la espalda.

—Todo va a salir bien, no te preocupes.

Olga bajó trayendo consigo dos cobijas Lúxor tamaño matrimonial color café.

—¿Están bien estas? —preguntó.

—Sí.

Entraron los tres a la cocina. Álvaro pensó que el cadáver lo impresionaría de nuevo. No fue así: el cadáver le pareció un espectáculo menos amenazador que el de un hombre agonizante.

—Por favor, Olga, trae ropa vieja para Álvaro y para mí, algo que se pueda tirar —solicitó el doctor. Olga salió presurosa y volvió con un par de camisas desteñidas, un overol con el cual Álvaro acostumbraba realizar composturas mecánicas a su automóvil y unos pantalones de mezclilla.

—¿Quieres que tire mi overol? —inquirió Álvaro indignado.

—Ya está muy gastado.

—Qué gastado, ni qué gastado. Tráeme los pantalones azules.

—¿Los nuevos que te regalé el día del padre?

—Esos, los de terlenka.

Olga fue por los pantalones. Al regresar, el médico le pidió unos guantes.

El doctor y Álvaro se pusieron la ropa usada encima de la que llevaban puesta y unos guantes de látex que trajo Olga. Pusieron las cobijas junto al muerto y lo envolvieron.

—Ahora, Olga, abre la cajuela del coche y pon unas bolsas de plástico para que no se manche la vestidura.

—El carro está en el garage, ¿no me verá nadie? —preguntó Olga.

—No lo creo, son las tres de la mañana —respondió el doctor.

Olga desgarró unas bolsas del supermercado y con cuidado las acomodó en la alfombra de la cajuela.

—Listo —dijo.

Con trabajo los dos hombres cargaron el envoltorio hasta la cajuela. Hubo que doblar el cuerpo para que cupiera.

—Ya hay que apurarnos —dijo el médico—, que el muerto no tarda en ponerse tieso y entonces sí no lo sacamos de aquí.

De pronto Álvaro se detuvo. Miró alternativamente hacia el doctor y hacia la cajuela.

—¿Qué te pasa?

—No puedo... no puedo...

El doctor suspiró con enfado.

—Mira, Álvaro, te doy exactamente un minuto para que pienses bien lo que quieres hacer.

—Es que, doctor, no está bien...

—Un minuto, ¿me entiendes?

El doctor abrió la reja de entrada y caminó hasta la mitad de la calle.

—Aquí espero.

Álvaro se quedó paralizado. Olga se abrazó a él.

—Por favor, mi amor, vamos a hacer lo que él dice.

—No puedo.

—¿Qué quieres hacer?

—Otra cosa... llamarle a la policía —tartamudeó Álvaro.

El doctor, que seguía parado a la mitad de la calle y había escuchado la conversación, interrumpió enfurecido.

—Solo que si llamas a la policía a mí no me metas, es más, ni me conoces —gritó.

—Por favor, se van a dar cuenta los vecinos —imploró Olga.

—Si eso es lo que quiere tu marido, que todos se enteren —volvió a gritar.

—Doctor, se lo pido.

Álvaro empezó a murmurar en voz baja.

—Basta, basta...

—¿Basta qué? —preguntó Olga.

—Lo voy a hacer —contestó Álvaro y continuó dirigiéndose al médico—: Vámonos.

—¿Seguro? —preguntó el médico.

Álvaro asintió con la cabeza. Cerró la cajuela y se subió a arrancar el automóvil. Lo dejó calentarse un minuto y medio.

—Listo —dijo.

—Yo manejo —ordenó el doctor.

Olga abrió las puertas del garage y se asomó por una de las ventanillas.

—Regresen pronto —les dijo.

Salieron y tomaron la avenida Ermita-Ixtapalapa rumbo a la carretera a Puebla. Ninguno de los dos habló durante el trayecto. Cuando llegaron al entronque el doctor tomó la ruta a Chalco. A los diez kilómetros doblaron en una brecha y la recorrieron durante largo rato.

El doctor detuvo el automóvil y escudriñó en el horizonte para asegurarse de que nadie los viera. Con una seña le indicó a Álvaro que descendiera del vehículo. La noche era oscura, había luna nueva y soplaba un viento frío.

Álvaro abrió con sigilo la cajuela. Entre los dos hombres bajaron el cuerpo y lo llevaron a ocultarlo detrás de unos matorrales.

—¿Aquí está bien? —preguntó Álvaro.

—Shhh —obtuvo como respuesta.

En silencio abordaron el carro y partieron deprisa. Después de unos minutos, ya casi al entrar a la ciudad, el doctor dijo:

—¿No se te antoja desayunar unos hotcakes?

(1985)

Puntos de colores

A Laura Esquivel

Son como dos grandes lagartos. En la penumbra sus figuras carnosas, casi inmóviles, emiten sonidos roncos y ásperos que se suceden con imperfecta lentitud y rompen la melodía suave y continua de la lluvia que golpea contra los cristales de las ventanas. Los dos cuerpos, blandos e inmensos, tiemblan con un temblar despacio y sosegado que nace con cada exhalación y los recorre de pies a cabeza. Duermen los dos, hombre y mujer, recostados indolentes sobre los sillones que se encuentran frente al televisor, el cual, encendido, deja escapar en vano el mundo de sus imágenes. Afuera, en la calle, en el trazo rectilíneo y largo, la tarde se desvanece en grises cada vez más oscuros.

Gonzalo abre los ojos. Despierta amodorrado. Acomoda su cuerpo enorme en el sillón y reclina la cabeza en el respaldo. A su izquierda su mujer duerme profunda.

Gonzalo fija los ojos en la pantalla eléctrica y maquinalmente sigue el conjunto de puntitos de colores que confluyen en un haz de líneas luminosas que a veces pretenden remedar cosas y a veces personas y que ahora conforman la figura

107

de un animador de concursos que vocifera exaltado y que Gonzalo contempla absorto.

La luz blanquecina que emana del televisor baña su rostro fofo y colgante, abotagado por el sueño. Afuera, en la calle, la noche llega y la lluvia ha detenido al fin su incesante golpetear.

En la televisión aparecen unos anuncios comerciales. La caricatura de un conejo salta por entre unos niños que beben licuados de chocolate; una modelo seductora muestra una nueva marca de automóviles. El animador de concursos vuelve a aparecer en la pantalla y continúa su perorata interminable.

Los ojos de Gonzalo siguen las imágenes, pero de pronto se detienen en un lugar donde no hay imagen, ni luz, ni puntos de colores, ni caricaturas de conejos saltarines.

Su mirada se ha paralizado en su antebrazo izquierdo. El viejo dolor metálico, el viejo dolor glacial que creía enterrado en su memoria, fluye de nuevo por entre sus huesos.

Gonzalo lo sabe bien, no se puede engañar, no es esta una de las tantas punzadas que le causan las reumas en épocas de lluvia, no, es el viejo dolor enemigo que aquella tarde de abril lo hizo desplomarse en pleno centro de la ciudad, ante la mirada morbosa de cientos de curiosos que detuvieron su paso para observar el rito de la agonía. El viejo dolor que lo hizo despertar arriba de una ambulancia en medio de los gritos de su mujer que, a su lado, imploraba a los médicos que lo salvaran, gritos que eran apagados por el ulular frenético de la sirena que anunciaba a los demás que ese vehículo llevaba a un pasajero de la muerte. El viejo dolor que provocó que lo encerraran en una habitación gris y fría y lo conectaran a una infinidad de cables y aparatos. El viejo dolor que lo hizo depositar visceralmente su esperanza en un *bip-bip* cuyo sonido era la traducción exacta del *tun-tun* de su corazón y que le hizo perseguir con la mirada exacerbada el conjunto de puntitos de colores que en un monitor conforman un haz brillante que a saltos pretende remedar el flujo de la existencia misma, con la garganta seca por esa sed interminable y amarga que se tiene por la vida. El viejo dolor que le hace recordar los momentos en que no recuerda nada, en que todo fue oscuro y cuya única evocación es la de una marea de voces frágiles y distantes, de un bullicio lejano que urgía a algo, a ese algo traducido en el *bip-bip* y el brinco continuo de una línea luminosa. El viejo dolor, el viejo dolor.

Gonzalo trata de incorporarse, pero el dolor lo abate: ahora ha subido a la nuca y se dirige hacia su pecho. El corazón se agita exasperado. El animador de concursos no cesa de hablar. Su mujer ronca y no se da cuenta de nada. Con la mirada el hombre busca en la habitación el frasco que contiene las pastillas blancas que el médico le dijo que nunca tuviera lejos de su alcance.

¿Dónde está?, el frasco, ¿dónde está? El viejo dolor impone su ley. El hombre cree perder el conocimiento. El frasco, ¿dónde está?, ¿dónde?

Gonzalo trata de calmarse, no quiere ser derrotado, pero el dolor, que se expande presuroso, lo apremia. Trata de gritar, de advertirle a Enriqueta que el enemigo ha vuelto. No puede, el corazón palpitante lo hace atragantarse.

El dolor se clava cada vez más hondo, con la hondura necesaria para vencer. El animador de concursos felicita al afortunado ganador de una licuadora. Se escuchan aplausos y porras.

La mujer deja escapar un suave murmullo. Gonzalo golpea con su mano derecha el brazo izquierdo, como si quisiera sacar al demonio que lo carcome. La oscuridad se ciñe sobre sus ojos, pero él hace lo posible por impedirlo. Tiene que reaccionar pronto. El frasco, el frasco. Recuerda, se encuentra en la gaveta de su escritorio. No está lejos. Son solo tres pasos.

Se arroja al suelo y arrastra su cuerpo obeso y voluminoso, el cual vibra con cada punzada mortal. Llega al escritorio y con un manotazo trata de abrir la gaveta. No puede. Vuelve a intentar dos veces más hasta que a la cuarta logra por fin abrirla.

Su mano derecha hurga desesperada hasta que siente en sus manos el pequeño bote de cristal. Gonzalo lo aprisiona y lo lleva hacia sí.

Con movimientos bruscos logra destapar el frasco, saca una de las pastillas y se la coloca debajo de la lengua. El viejo dolor se retrae como animal herido, se aleja del cuello y huye por donde vino: por entre los huesos del antebrazo izquierdo.

Gonzalo siente cómo su cuerpo se relaja y sus carnes se desbordan victoriosas hacia el suelo. Respira hondo. Ha vencido.

En la pantalla del televisor aparece la caricatura de un conejo que salta entre unos niños que beben licuado de chocolate.

(1988)

Una cuestión de honor

A Alejandro Rodríguez Zubieta

Nos encontrábamos en clase de Historia cuando la profesora nos preguntó sonriente quién era nuestro héroe nacional favorito, nuestro ejemplo a seguir. Yo, como siempre, alcé la mano primero.

—Benito Juárez —le dije entusiasmado.

—Muy bien, muy bien —me contestó.

Andrés López, quien se sentaba hasta adelante, levantó la mano después de mí. Era el más estudioso y cuando contestaba a alguna pregunta de la profesora invariablemente se ponía de pie.

—Para mí, señorita Jiménez —dijo todo reverencias—, mi héroe patrio favorito es Don Miguel Hidalgo y Costilla.

—Me parece muy bien, Andrés —dijo la profesora.

Así cada uno de nosotros fue expresando sus preferencias. Unos escogían a Guerrero, otros a Emiliano Zapata o a José María Morelos o Pancho Villa. Ninguno dudaba de haber hecho una elección atinada.

Tocó su turno a Peláez, quien tenía la costumbre de sentarse en el rincón más alejado del aula.

—A ver, Antonio, ¿cuál es tu héroe favorito?

Peláez pareció pensar unos segundos su respuesta, se enderezó en el asiento y con gran seguridad contestó:

—Hernán Cortés.

La perenne sonrisa de la señorita Jiménez desapareció de sus labios. Los demás, incrédulos, lo volteamos a ver. Peláez, sin inmutarse, volvió a repetir sus palabras:

—Hernán Cortés, profesora.

Todos nos sentimos de pronto ofendidos. Entre tantos personajes históricos Peláez había tenido la osadía de elegir al vil Hernán Cortés, al conquistador inmisericorde, al villano, al asesino, en fin, al español.

La señorita Jiménez no pudo disimular su asombro y su disgusto. A lo largo del curso había mostrado una gran aversión hacia los españoles, responsabilizándolos de la mayor parte de los problemas actuales del país. No había clase en que la profesora no echara pestes en contra de ellos, contagiando al grupo de su odio profeso.

Para colmo, casi por acabar el año, un alumno suyo elegía a Hernán Cortés como su héroe predilecto.

Nosotros, por nuestra parte, sentimos que Peláez traicionaba a la patria, a nuestra raza. Julián se acercó y me comentó al oído:

—De veras que este güey no se mide.

—Sí —le contesté—, es un traidor.

Por fortuna no tardó en sonar la campana que indicaba la hora del recreo. La maestra tomó sus libros y salió con rapidez del aula, lo cual nunca antes le habíamos visto hacer. Algunos nos quedamos en el salón, mirando con desdén a Peláez, que cínicamente se nos acercó para ver si jugábamos fútbol.

—Vete de aquí —le dije yo.

—Sí, lárgate —me secundó el gordo Rodolfo, nuestro líder y el más peleonero de todos—, no queremos que nos apestes.

Nos dimos la media vuelta y nos fuimos. Peláez se quedó a la mitad del salón, sin saber ni qué hacer ni qué decir.

Los días pasaron y el coraje de todos contra Peláez se hizo cada vez más grande. Lo odiábamos: ya nada tenía en común con nosotros.

En un principio solo le dejamos de hablar, aplicándole la "ley del hielo", pero conforme pasaba el tiempo se nos hizo más insoportable e insolente. Hasta la misma señorita Jiménez no le ocultaba su desagrado.

Por instancia del gordo Rodolfo decidimos tomar acciones más drásticas en su contra. Julián le rompió sus útiles. Carlos les puso detergente a sus tortas. Yo le quemé sus apuntes. Un jueves, si mal no recuerdo, el gordo se llevó las cosas de Peláez al baño: su suéter, su mochila, sus libros, las orinó y las embarró de mierda. Y aún faltaba lo peor.

Peláez, por su cuenta, parecía ignorar por qué le hacíamos esas maldades. Sin embargo, nunca se quejó. Recogía su suéter del fondo del excusado y se lo llevaba a escondidas a su casa en donde él mismo lo lavaba para que sus padres no le preguntaran sobre el asunto.

Nunca le dijo nada a nadie, ni al director, ni a la maestra, ni a ninguno de nosotros. Llegaba temprano a la escuela y cabizbajo se iba a sentar a su rincón. Su dignidad aparente era lo que más nos molestaba.

Lo humillamos de verdad, con saña. Nuestro objetivo principal era que Peláez dejara la escuela, aunque nos contentábamos con que pidiera perdón. No se le notaron tales intenciones y siguió asistiendo a diario a clases.

Una mañana nos juntamos a discutir el asunto de Peláez.

—Este güey no entiende —dijo Enrique.

—O se está haciendo el muy digno —dijo Eduardo.

—Lo que pasa es que tiene miedo —agregó Pablo—, es un sacón.

—Vamos a cantarle la bronca derecha —dijo Rodolfo—, vamos y le rompemos la madre.

—Pero si tú le pegas lo matas —le dije al gordo.

—Sí, Rodolfo, mejor déjanos a nosotros —siguió Carlos.

—Órale —contestó—, se lo madrean tú, Eduardo y Enrique, ¿sale?

—Sale.

—Mañana mismo lo ponemos en su lugar.

Al día siguiente a la hora del recreo nos juntamos y fuimos a buscar a Peláez. Lo encontramos sentado en una banca lejana al patio de juegos. Comía calladamente su torta y retiraba con cuidado las partes enjabonadas. Al ver nuestra llegada amenazadora se puso de pie.

—Venimos a romperte el hocico —le dijimos a coro.

—¿Por qué? —nos preguntó.

—Porque le vas a Hernán Cortés y a nosotros nos caen mal los gachupines —dijo soberbio el gordo Rodolfo y continuó señalando a Carlos, a Enrique y a Eduardo— y estos te van a madrear.

—¿Estos?

—Sí —contestó Rodolfo.

—¿Y por qué no me rompes el hocico tú solito, a ver si eres tan macho? —le increpó con bravura Peláez.

Nos quedamos fríos. En los seis años que llevábamos en la primaria, nadie, absolutamente nadie, se había atrevido a retar al gordo. Hasta los de secundaria le tenían miedo. Este rio sarcástico:

—Cuando quieras, maricón...

—Pos a la salida.

—Órale.

El resto de la mañana no pudimos concentrarnos ni un solo momento en las clases. La pelea ocupaba por completo nuestras mentes y la disfrutábamos de antemano. Sabíamos bien que el gordo iba a hacer pedazos a Peláez. Así pagaría el traidor su osadía.

Las clases parecían no terminar cuando por fin sonó la campana. Salimos de prisa y nos reunimos todos afuera del salón. Gozosos palmeamos la espalda de Rodolfo.

—Vamos, campeón.

—Le das duro, bien duro.

Por común acuerdo entre Peláez y el gordo la pelea se llevaría a cabo en las canchas de básquetbol que estaban a dos cuadras de la escuela. Nos dirigimos hacia allá. Rodolfo en medio de nosotros anticipaba jactancioso su victoria. Veinte metros atrás y solo, nos seguía Peláez.

Llegamos al campo de honor. Peláez se quitó el reloj y la camisa, los guardó en su mochila y la colocó debajo de un árbol. El gordo se quitó la camisa y la arrojó a un lado. Sin camisa se veía el doble de enorme. El pleito comenzó.

—Dale, gordo, dale.

—Rómpele el hocico.

—Pégale en las costillas al puto.

—Madréatelo.

El gordo empezó a combatir como burlándose de su adversario, haciendo fintas de un lado a otro. Peláez, por su parte, se mantenía serio, con la mirada fija en su rival.

Rodolfo tiró un golpe volado y derribó a Peláez. Nos burlamos de él y el gordo alzó los brazos triunfante.

—Este pendejo no me dura —dijo.

Nos divertía ver a nuestro enemigo morder el polvo. Súbitamente Peláez se levantó, con tal decisión que acalló nuestras risas. La rabia se le desbordaba en la expresión. Jamás había visto a alguien así.

Peláez se lanzó enfurecido contra Rodolfo. Sus puños —rapidísimos— golpearon con precisión en la cabeza del gordo, sacudiéndosela aparatosamente.

—Ya viste —me dijo Alejandro—, le está ganando Peláez... —no terminaba de decirlo cuando Rodolfo cayó derribado.

—Párate, párate...

Entre varios lo ayudamos a levantarse. Tenía la nariz sangrante y abierto un labio. Su cara denotaba miedo, verdadero miedo.

Apenas lo paramos cuando ya tenía encima de nuevo a Peláez. El gran bravucón ya no quería pelea y enconchado trataba de protegerse. En vano porque las manos de Peláez se estrellaban con fuerza contra su cabeza y su cuerpo.

Rodolfo retrocedió varios metros hasta que de pronto Peláez lo conectó en la quijada con un golpe seco. El gordo cayó fulminado.

Los demás nos quedamos en silencio, sorprendidos. Peláez miró a su adversario tendido en el suelo y luego nos volteó a ver a todos con desprecio. Se chupó la sangre que le manaba de uno de sus nudillos, se limpió el sudor de la frente, se puso la camisa y el reloj, y se dirigió a su casa.

Julián y yo lo alcanzamos.

—Bien peleado, Antonio —le dije, evitando llamarlo Peláez.

No me contestó y siguió su camino sin hacernos caso. Después de un rato sin que ninguno de los tres hablara, Peláez se detuvo.

—Y ora, ¿qué quieren, barberos?

—Nada —contestó Julián apenado.

—¿Cómo que nada? —nos increpó.

—Bueno, si...

—Queremos saber por qué le vas a Hernán Cortés.

Peláez suspiró hondo y sin mirarnos, viendo a la lejanía, nos contestó:

—Porque descubrió América.

(1983)

Ultimátum violeta

A Hugo Hiriart

1

Todo empezó por una garrapata que se prendió al brazo de mi hermano Luis. Se le adhirió durante una de las tantas cacerías que hacíamos y la descubrió una mañana mientras se bañaba. Salió de la regadera envuelto en una toalla y orgulloso fue a mostrársela a mi hijo Josué.

—Mira nada más lo que traigo aquí —dijo enseñándole el brazo.

—¿Qué es eso? —preguntó Josué.

—Una pinche garrapata.

La observamos entre los tres. Estaba gorda, hinchada de sangre y tan pegada a la piel que parecía un lunar.

—No te la arranques —le dije—, se te puede infectar. Mejor tállate con alcohol para que se desprenda sola.

Mi hermano parecía estar feliz de tenerla incrustada.

—A ver, Josué, tráeme la lupa.

Josué la trajo y Luis se puso a observarla.

—Carajo, miren, está bien clavada —nos dijo al mismo tiempo que nos hacía mirar por la lente.

Luis trató de tomarla con sus uñas, pero la garrapata se encontraba firmemente enterrada, sus patas habían taladrado con habilidad la piel.

—Ya te dije que no te la arranques, se te va a quedar dentro la cabeza y se te puede infectar —insistí.

Luis no hizo caso: se la arrancó.

2

Tal y como se lo había advertido, a los cuantos días apareció una pequeña erupción rojiza.

—No es nada —dijo despreocupado.

A la semana la erupción creció hasta el tamaño de una pelota de ping-pong llena de pus.

—Luis, debes ponerte algo, merthiolate, agua oxigenada...

—Al rato se me pasa, solo se me inflamó un poquito.

La infección aumentó: ahora la hinchazón adquiría la forma de una bola de billar.

—Pero carajo, ¿por qué no vas a ver a un doctor? —le recriminé.

—Pinches doctores, no sirven para nada.

La pus empezó a brotar por sí sola acompañada por un líquido amarillento de consistencia espesa. La piel de alrededor se amorató. Luis casi no podía mover el brazo.

Alarmado le llamé la atención.

—Ya ni la friegas, Luis, ¿qué no piensas curarte?

—¡Oh!, hombre, no seas escandaloso, verás que mañana se me quita.

Y cuando mañana fue el día siguiente Luis despertó con fiebre altísima. Se quejó de dolores y punzadas en el hombro. Ni aun así mostró interés en recibir asistencia médica.

Contra su voluntad llamamos a un doctor. Luis protestó con vehemencia, pero no nos importó. El doctor llegó e intentó revisarlo, pero él se negó una y otra vez, hasta que la debilidad provocada por la fiebre lo hizo rendirse.

El médico analizó con cuidado la herida. La tocaba, la punzaba, la exprimía. Luis dejaba escapar leves gemidos de dolor.

—¿Cómo es posible que se haya descuidado tanto? —le dijo el médico con un gesto de reproche.

—Ya ve, doc, cosas de la vida.

—Tiene usted una fuerte infección, pero todavía podemos controlársela —dijo y continuó dirigiéndose a mi esposa—: Va a ser necesario que se tome estos antibióticos, dos cada cuatro horas durante quince días.

Anotó en un papel el nombre de la medicina y agregó:

—Es necesario que vaya a mi consultorio para que le drene y le limpie la herida.

Mi mujer y yo escuchamos atentos las instrucciones, en tanto mi hermano sonreía burlón. Apenas salió el médico y dijo:

—Ya ven, estos tipos no sirven para nada.

Mi esposa Enriqueta era la más preocupada de todos y se encargó de que Luis cumpliera con las órdenes del doctor, pero Luis no puso de su parte.

—¡Ay, cuñadita! Vamos a hacer una cosa, me tomo las malditas pastillas una semana y si para entonces no me curo voy a que el güey ese me pique el brazo, ya sabes cómo me dan miedo las agujas.

Enriqueta y yo consentimos.

3

Luis nos engañó a los dos. Hacía como si se tomara los antibióticos para escupirlos después. Nos dimos cuenta de ello demasiado tarde: la infección se había extendido. Abultado, de color violeta, el brazo comenzaba a emanar un fuerte olor. La pequeña herida se había transformado en una llaga de cinco centímetros que exudaba pus continuamente y segregaba un líquido viscoso.

4

Josué llegó a verme con cara compungida.

—Papá, ya no quiero ir con mi tío Luis, me da asco.

—No digas eso, ¿qué no ves que está enfermo?

—Sí, pero apesta.

5

Volvió el médico y, molesto, nos increpó por no haber seguido sus instrucciones. Luis ardía en calentura, pero aun así seguía con su actitud insolente.

—Para qué le busca, doc, no tengo nada.

El médico no respondía. Lo auscultaba con gravedad, moviendo la cabeza de un lado a otro. Luis no cesaba de vacilarlo. El doctor terminó y salió del cuarto. Yo tras de él.

—¿Qué pasa? —le pregunté con angustia.

—Tiene el brazo completamente gangrenado.

Se me hizo un nudo en la garganta.

—¿Y?

—Hay que amputárselo.

—¿Qué?

—No hay otro remedio.

Lo despedí en la puerta con los ojos humedecidos. Enriqueta me alcanzó. Estaba preocupada. Yo furioso.

—¿Qué sucede, mi amor? —me preguntó.

—Es un imbécil... un verdadero imbécil —le contesté sollozando—. Tienen que cortarle el brazo.

6

Luis vivía con nosotros desde la muerte de mi madre y no sé por qué siempre tuve la idea de que era mi responsabilidad cuidarlo. Entré a su cuarto a hablar con él.

—Estás muy mal, Luis, mal de verdad.

Volteó a verme despacio. Apenas podía moverse, se veía débil.

—¿Ahora con qué salió el güey ese?

Con dificultad traté de explicarle.

—Tienes... el brazo... lo tienes gangrenado.

—Y, ¿qué con eso?

—Tienen que amputártelo.

—A poco el baboso cree que me voy a dejar.

Exploté.

—Pendejo, pendejo, ¿no ves que se te pudrió el brazo?, lo tienes podrido, po-dri-do.

No podía controlarme. Empecé a gritarle con rabia.

—Idiota... idiota...

Me daban ganas de abofetearlo, de hacerlo reaccionar, pero Luis no se inmutó. Al contrario, sonrió cínicamente.

—Mientras no se me pudra el pito todo va bien —me dijo alegre.

Salí del cuarto azotando la puerta. Enriqueta me detuvo.

—¿Qué pasó?

—Está loco, loco.

7

Luis no aceptó ir a un hospital, ni que lo atendiera otro médico. Pese a todo se le veía de buen humor. La fiebre había disminuido y de nuevo Luis deambulaba por la casa. El brazo, que le colgaba lastimosamente, había adquirido un tono grisáceo. La herida, lejos de cicatrizar, se hundía en la carne.

Enriqueta y yo pensamos en sedarlo y llevarlo subrepticiamente a un sanatorio. Una noche mi hermano, como si adivinara nuestros pensamientos, entró a la recámara.

—Por favor —nos dijo— no se les vaya a ocurrir tratar de hacer algo por mí.

—Pero es que...

—Al fin y al cabo es mi vida, ¿o no? —nos dijo secamente.

—Sí, pero arruinas las nuestras —le reprochó Enriqueta.

—¿Quieren que me vaya? —nos dijo mirándonos con dureza.

—No, no, de ninguna manera —corrigió mi esposa.

—Está bien, Luis —le dije—, no vamos a hacer nada.

Luis sonrió victorioso. Al fin y al cabo era su vida, y en eso él tenía la razón.

8

Al día siguiente Enriqueta y Josué se fueron de la casa por tiempo indefinido.

9

Toda la casa se hallaba impregnada de su aroma putrefacto. No había rincón en el cual no se percibiera la fragancia de su descomposición. Era tal el asco que se me dificultaba comer, beber, dormir. Una náusea permanente regurgitaba en mi garganta. Deseaba abandonar a Luis, dejarlo necrosarse solo, pero terminaba por vencer el sentimiento de solidaridad fraterna.

Luis continuó su vida normal sin salir de casa. Leía el periódico, veía la televisión, desayunaba lo de costumbre: un café y unos huevos revueltos. Parecía no preocuparle en absoluto su estado.

Un día se quitó la camisa enfrente de mí. El brazo infectado colgaba muerto, cubierto de oscuras tiras de pellejo. El hombro y la parte alta de la espalda habían adquirido la tonalidad parda de la gangrena. Por dentro la camisa se hallaba empapada del flujo maloliente. Tuve que contenerme para no volver el estómago.

10

En pocos días la gangrena se extendió por la espalda, las nalgas y la parte posterior de los muslos. Mi hermano ya no se vestía y caminaba con dificultad. La pus escurría por su cuerpo y el olor que emanaba se había tornado insoportable. Para estar cerca de él era necesario que me tapara la nariz y la boca, aunque empezaba a acostumbrarme al espectáculo de su carne putrefacta.

En ocasiones nos sentábamos a charlar en mi habitación. El tema recurrente era el de nuestra infancia. Le agradaba rememorar partidos de fútbol que jugamos juntos. Luego arrellanaba su carne inservible en el sillón y se dormía.

11

Por fin llegó el día en que su cuerpo entero se pudrió. Solo su cabeza quedó a salvo. Hablaba arrastrando las palabras, con la lengua hecha nudos. Ya no podía mover ninguno de sus músculos inútiles. La fiebre lo hacía delirar. Gemía. Gritaba:

—Los gorilas... los gorilas...

—No hay ningún gorila, Luis, ninguno —le decía procurando calmarlo.

—Los gorilas... los gorilas...

Abría desmesurado los ojos. De su boca escurría una baba espesa, que resbalaba lenta. Y yo lloraba.

12

Una tarde Luis me llamó. Se veía sereno y calmado.

—Ven, por favor —me dijo. Me acerqué a él—. Trata de sentarme frente a la ventana, ¿sí?

Lo levanté en vilo, pesaba ya muy poco. Lo acomodé en un sillón justo en el lugar que siempre había preferido. Por la ventana aparecía el paisaje citadino, nublado, gris. Oscurecía y algunas luces se encendieron en la casa de la esquina. Luis sonrió y empezó a cantar. Las palabras corrieron fáciles por su boca y no se trabó ni una sola vez. Acabó y volvió a sonreír.

—¿Qué me ves? —me preguntó.

—Nada.

—¿Te pasa algo?

No le contesté.

—Qué fea está la tarde, ¿verdad?

—Algo... —le contesté con la voz entrecortada.

—No sabes cuánto me gustaría volver a ir de cacería. ¿Vamos?

Sonreí entristecido. Luis sonrió conmigo.

—Estás enojado.

—¿Por qué lo hiciste?

—Nomás... porque sí.

A lo lejos se escuchó el silbato de un tren. Luis imitó su sonido.

—*Tuuuu... tuuuuu... tuuuu.*

Se calló y cerró los ojos. Fue lo último que le oí.

13

Tuvimos que cambiarnos de casa. El aroma corrompido de Luis se había fijado en cada pared, cada resquicio. Su fantasma se nos presentaba en forma de vaharadas hediondas.

14

Enriqueta y yo nos distanciamos. El contacto de nuestros cuerpos nos parecía repugnante y ambos, al hacer el amor, sentíamos acariciar pieles purulentas. No pudimos más y al poco tiempo nos divorciamos. Ella partió con Josué, a vivir en casa de unos parientes suyos, lejos de aquí.

15

Hoy he regresado de cacería y he descubierto una garrapata aferrada a mi pantorrilla derecha. He decidido arrancármela.

(1986)

Rogelio

A Alan Page

Rogelio no se percataba de que ya estaba muerto o sencillamente se resistía a aceptarlo. Por ello, una y otra vez, se salía de la fosa donde estaba enterrado y no era raro encontrárselo comiendo en algún restaurante cercano al cementerio. En algunas ocasiones nos iba a visitar al Retorno y se pasaba largas horas platicando sobre los viejos tiempos. Sin duda varios de nosotros tratábamos de convencerlo de que ya era un cadáver y que apestaba bastante. No nos hacía caso y con una desfachatez increíble se presentaba en cualquier lugar y a cualquier hora.

Una noche lo acompañé de vuelta al panteón. Charlamos un buen rato sobre todas aquellas experiencias que habíamos compartido cuando él aún vivía. Compramos unas cuantas cervezas y nos emborrachamos. Nos divertimos. Nos reímos. Gozamos. Lloramos. Al amanecer se despidió con una sonrisa. Se acomodó en su ataúd y cerró la tapa. Nunca más volví a saber de él, porque esa madrugada morí atropellado y mi mujer… mi mujer decidió incinerarme.

(1986)

El invicto

A Paco Prieto y Alicia Molina

El Vikingo

Están ovillados los tres detrás del tinaco y sus miradas escudriñan con morbosa fascinación los cuerpos desnudos que bajo la débil luz de las linternas ejecutan movimientos torpes y desiguales. En la penumbra sus rostros de humo se balancean persiguiendo los haces luminosos en busca de un contorno, una redondez: piel. La mujer los contempla con ojos vacíos. La luz brilla en su cara y ella la gira hacia un lado y cierra los párpados. Por entre su blusa desabotonada se escapa un seno. Las figuras nebulosas lo iluminan e inspeccionan. Las nalgas blanquísimas del hombre se ondulan vibrantes y su pelvis azota el dócil vientre femenino *y si quieren ver me tienen que pagar cincuenta pesos y yo les digo cuándo y en dónde / A mí se me hace mucha lana / Pues me vale, escuinclito, ¿pagas o no? / Yo también pienso que es mucho dinero nada más por ver, por lo menos quiero tocar / La vieja es para mí solito, pendejos, si pagan ya les dije que es nada más para mirar, y si no les late, córranle a casa del gordo Manuel a calentarse con las revistas de medicina de su papá, para que se exciten toditos viendo chichis llenas de tumores cancerosos y no se hagan los muy muy, que a mí se me hace que todavía son virgencitos y no saben lo que es enfundar la pistola. Entonces qué, ¿sí o no?* El hombre abraza impetuoso a la mujer y su piel alba —que brilla en la noche— parece ahogar el frágil cuerpo femenino, *se van por la azotea de casa de Pedro y me esperan donde están los tinacos de la casa de la señora Soledad y no vayan a hacer ruido, caminan despacio, me entienden, despacio.* Terminan y el hombre deja caer su peso sobre ella. Los rostros de humo se les aproximan y los exploran.

Apaguen las luces, idiotas, esto ya se acabó... apáguenlas y se me largan, pero ya...

No seas pendeja, si te voy a pagar el doble, no te va a pasar nada, te prometo que solamente yo te la voy a meter, los otros solo van a ver... El hombre y la mujer quedan entrelazados por un tenue abrazo. Ninguno de los dos pronuncia palabra. Jadeantes se incorporan. A lo lejos se escucha el ulular de una sirena.

(—¿Ya conocieron al nuevo?
—Yo no.
—Yo sí, está muy raro, como muy güero.
—Más bien canoso.
—Ándale, así mero.
—Dicen que es de nuestra edad.
—Pues quién sabe.
—Mi mamá dice que sí.

—¿Ya lo vio?

—Ajá.

—¿Y qué te dijo?

—Que es uno de esos niños a los que llaman albinos.)

Nos dijo que nos fuéramos por la azotea de la casa de Pedro, que pisáramos despacito y que no hiciéramos ruido y que si íbamos de chismosos nos rompía el hocico. No te va a pasar nada, y si tus hijas no se han dado cuenta antes, menos se van a dar ahora. Toma, te adelanto treinta pesos y cuidadito me dejes plantado, porque te rajo la cara, cabrona.

Por entre los techos se ve cómo se escabullen los mirones, que encienden de vez en cuando las linternas para evitar tropezarse. La mujer comienza a abotonarse la blusa. "¿Te gustó, verdad?" Ella lo mira con dolorosa indiferencia. "Sí, si a todas les encanta la cogedera."

(se los juro que no estoy echando habladas, si lo acabo de ver, pasó aquí enfrente, en la avenida, ¿que no se dieron cuenta? Pues fíjense que unos de un Volkswagen pasaron vueltos madre, bien rápido. El Vikingo y yo estábamos tomando unas cervezas en la casa de doña Concha cuando de pronto, bolas, que veo que el Vikingo les avienta una piedra. El fregadazo pegó en la salpicadera y se oyó reduro. Entonces que se bajan cuatro monos. "Ahora sí se armaron los putazos", pensé

137

y que volteo y que veo al Vikingo tan tranquilo, "Esto no es autopista", les gritó, y uno de los chavos, que se vino con una llave de cruces, le dice: "Ora, güero desabrido, ¿qué te pasa?" "Pues aquí nomás", le contesta el Vikingo y otro de los del carro que le avienta una botella y el Vikingo, como si nada. "Tírale bien, cabrón", le dijo, "así, pendejo", y agarró un casco de Coca-Cola, de esos que tiene doña Concha afuera de su tienda, y que se lo revienta en la cabeza. El pobre bato nomás dio el azotón. Entonces el de la llave de cruces que se enfurece y que se le deja ir, pero el Vikingo, quién sabe cómo, que da un brinco y que le acomoda chico patadón en la mera feis. El tipo no tuvo tiempo ni de alzar la llave de cruces. En eso que se arrancan los otros dos y yo ya le iba a entrar a los trancazos, en serio que sí, cuando veo que el Vikingo se avienta otra de sus patadas y sopas, que manda uno más a la lona y en eso el otro que quedaba se le prende a mi cuate de la espalda y yo pensé: "Ahora sí ya se chingaron al Vikingo", pero ni madres, y es que el Vikingo volteó al cabrón de cabeza y lo aventó como costal contra la banqueta. No saben que supermadrazo le puso. Pero ahí no se acaba todo, porque ya saben que el Vikingo, cuando le entran sus ondas, no hay quien lo pare. Agarra, se sube al coche de estos cuates, lo arranca, le mete el acelerador a todo y se va y lo estrella derechito contra la barda del lote baldío. Se baja, me pregunta si ya le pagué las cervezas a doña Concha, yo le digo que sí y me dice: "Pues pélale, no vaya a ser que lleguen los cuicos y nos quieran meter al bote por montoneros". Y me cae que lo que les acabo de contar es la puritita verdad, chin, chin si no.)

El Rat

Ninguno de nosotros había conocido a uno como él. A veces lo veíamos asomarse por entre las ventanas y en cuanto lo descubríamos se escondía detrás de las cortinas. Una tarde en que jugábamos fútbol en el Retorno llegó su padre con él, llevándolo casi a rastras.

—Muchachos —nos dijo—, quiero presentarles a mi hijo Segismundo. Es muy penoso y no le gusta salir a la calle.

El niño se cubrió con el saco de su padre.

—Anda, quédate a jugar con ellos —dijo el hombre, pero el niño no se despegó de él.

—Que te quedes —ordenó y empujó a su hijo hacia nosotros.

—Se los encargo, muchachos.

Se retiró dando grandes zancadas. Nos quedamos sin saber qué decir. Cuando Segismundo vio alejarse a su padre, salió corriendo tras él y se colgó de su brazo.

—No quiero, no quiero —gimoteó. Su padre lo tomó de los hombros y a empujones lo llevó de vuelta con nosotros.

—Aquí te quedas, con un carajo... —insistió el hombre y de nuevo se alejó con rapidez. Segismundo se sentó en la banqueta y empezó a sollozar.

El Vikingo

¿No que no, mensos?, ¿a poco no les gustó? ¿No es mejor ver en vivo y en directo? ¿Verdad que sí? Les prometo que a la próxima hago que la vieja se encuere todita, ahora no porque fue la primera vez, pero ya le dije que se cuadre o le va a ir mal / Y qué pues, Vikingo, ¿ora sí nos vas a dejar tocar? / Qué muchachitos estos, vaya que son tercos, si quieren tocar carnita vayan con una puta, pendejos, porque los bisteces de esta vieja solo yo me los puedo comer y por andar de ambiciosos ahora me tienen que pagar cien pesos si quieren de vuelta el numerito / ¿Cien pesos? Me cae que te volviste loco, Vikingo. *¿Sabes qué, Roberto? Yo soy parte de una raza nueva, ¿me entiendes?, una raza más acá, más chingona, por eso me tengo que embarazar a cuanta vieja se me cruce en el camino, chaparras, gordas, ancianas, casadas, viudas, ¿me entiendes?* Cien pesos, ni más, ni menos / Pero, pinche Vikingo, a la hora de la hora no dejas ver nada, te echas encima de ella y tapas todo / Ya vas a empezar, Pedrito, ¿no les estoy diciendo que van a tener un show de primera? Si hasta con streaptease, chingados, te lo prometo / ¿Neta, Vikingo? / Neta, all right, my friends. *Y esto te lo cuento porque eres mi carnal, Roberto, y porque no eres tan baboso como los demás, ¿me entiendes?*

El Rat

Al principio nos pareció raro, pero con el tiempo nos acostumbramos. Lo llegamos a tratar como a cualquiera de nosotros. Jugaba bien fútbol y eso le ayudó. Sin embargo, todos sabíamos que cuando Rafael regresara de las vacaciones de verano de volada se iba a burlar de él. El Rafa era buena onda, pero cuando quería también era bien cabrón. Era chingón para los trancazos y rehijo de la chingada. Si se la tomaba contra alguien no paraba hasta hacerlo mierda.

El Vikingo

La mujer insulta al albino en un dialecto inentendible. *No te enojes, pendeja, no seas bruta, ese dinero no lo vas a ver junto en toda tu pinche vida* ella grita, gesticula *son cien pesos, cien varos que no los ganas ni en una semana de chinga... lo único que pido es que tus hijitas hagan lo mismo que tú haces conmigo* la mujer trata de arañarlo pero el Vikingo la esquiva y le detiene las manos *ya no son niñas, son mujeres y a lo mejor hasta les gusta igual que a ti* ella forcejea y sigue insultándolo en su lengua extraña *mira, pendeja, ya déjate de estupideces, o aceptas los cien pesos y me llevo a tus hijas o yo me encargo de que les pongan una santa madriza, ¿me entiendes?, madriza, putazos, golpes, sangre, mucha sangre, ¿me entiendes?* (ellos brincan las bardas, tratan de huir, los persiguen. Los otros son muchos y los alcanzan, los jalan de los pies y los tiran al piso. El albino grita: "Que no se les vaya ninguno", y con una cadena golpea a los que están en el suelo) un manotazo se estrella en el rostro de la mujer *y deja de insultarme, india mugrosa, porque no puedes ir a ningún lado, ni siquiera a tu pueblo porque hasta allá voy a buscarte o te buscan mis cuates, ¿me entiendes, muñeca?* La mujer clava su mirada en un rincón *así que ya saben, hoy van a tener el mejor show de su vida, me voy a coger a la india y a sus dos hijas, las tres encueraditas, bien puestas, va a estar mejor que nunca* (y uno de ellos se incorpora y sale corriendo, pero el albino lo frena a cadenazos y lo deja tumbado sobre la calle, sangrante) *vean nada más, esta carne es de la buena, haz la linterna para acá, vean bien, está buenérrima, no que no, se los dije, va a valer la pena, y tú, dile a tu hija que no llore, que le va a gustar mucho* (lo vas a matar, Vikingo, ya párale, párale) *iluminen estas pieles, ¿a poco no están al tiro para un asado?* y los rostros de humo espían fascinados la madeja de

142

cuerpos que se entrelazan y tiemblan y gimen y lloran y sufren y lo miran a él, que las penetra con gozo, venciéndolas, empujando su carne rosácea hasta el fondo, y los seis rostros de humo iluminan, hurgan, disfrutan (no van a volver a la colonia estos culeros y menos al Retorno, que aprendan que las mujeres de esta calle son solo nuestras y de nadie más, que les quede claro a esos putos).

El Rat

Regresó Rafael de sus vacaciones y como lo imaginamos comenzó a joder a Segismundo.

—Y ahora, ¿quién es este?

—Se llama Segismundo.

—Ahhh... Segismundo, ¿y qué el menso no sabe hablar?

—Sí, sí hablo —contestó Segismundo.

—¿En qué idioma? Porque la verdad pareces de otro planeta.

—Español... ¿qué no ves?

—Más bien oigo, baboso, el español no se ve, y qué, ¿nunca te han llevado a la playa? Como que te hace falta asolearte, ¿no?

—Pues así soy, ¿y?

—Huy, huy... —dijo Rafael—, ya la cosa blanca se me está poniendo al brinco.

—Ya déjalo, Rafa —intervine—, es buen cuate.

143

—Ya lo sé, si nomás estoy cotorreando un rato. Y qué, ¿solo porque llegó este chavo nuevo ya no me van a hacer caso?

Esa tarde Rafael dejó de molestarlo, pero al día siguiente otra vez se fue sobre de él.

—¿Saben qué? —dijo—. Ya sé a qué se me figura el mono este, no daba, no daba, pero ya le atiné...

—¿A qué, Rafa? Dinos...

—Si el menso parece ni más ni menos que rata de laboratorio, ¿a poco no?

—Me cae que no te mides —dijo el Dumbo.

—De ahora en adelante —continuó Rafael dirigiéndose al albino— vas a ser la Rata.

—¿Sabes qué? —increpó Segismundo—. A mí no me gusta que me digan así.

—¿No te gusta? —preguntó Rafael con sorna—. Pues no te estamos preguntando, ¿verdad? Además no andes de chillón, aquí todos tienen apodo.

—¿Ahh sí? ¿Y tú por qué no?

—Porque al que me ponga uno le rompo la madre.

EL VIKINGO

¿Quién puede contra mí? Nadie, Roberto, ¿me entiendes? Ni un solo hijo de la chingada. Te lo digo, bróder, soy parte de una raza nueva *y*

144

a mí no trates de engañarme, Segismundo, los dos sa-
bemos que tu papá no viaja por negocios, es más,
que ni siquiera sale de la ciudad, para qué inventas
tantas mentiras... tu papá, lo sabes perfectamente,
carnal, ya se aburrió de ti y de tu mamá y por eso se
larga a otra casa con otra vieja y otros hijos, una
casa aquí cerquita, en la Prado Churubusco, y mi-
ra, Segismundo, a mí me vale un carajo si te acuestas
o no con mi hermana, me vale, de veras, pero ya no
me digas tantas mentiras, ¿ok?

El Rat

Lo del Rata derivó en el Rat y así terminamos
todos por llamar a Segismundo. El apodo le dolió.
Se retrajo y evitó en lo posible hablar con nosotros
o salir a la calle.

Una vez Pedro le gritó desde lejos "Rat" y se
mofó de él. Segismundo se le abalanzó a golpes y
lo derrotó con facilidad. Envalentonado el albino
buscó retar a Rafael. Fue al día siguiente. Rafa
y yo jugábamos un "gallo-gallina" para escoger
primero en una cascarita de fútbol cuando llegó
Segismundo. Rafael lo volteó a ver y dijo en voz
alta: "Yo quiero al Rat en mi equipo, pero como
portería porque el menso no sirve para otra cosa".
Los demás nos reímos, pero Segismundo confron-
tó a Rafael. "No me haces ninguna gracia", le dijo. "¿Ah, no? —contestó Rafa—, pero si eso ya lo

sabía, si el que hace las gracias eres tú. ¿No te habías dado cuenta?" El rostro de Segismundo enrojeció. Rafa siguió con la burla: "Y ahora el Rat ya no parece rata, ahora parece cerillo; nomás eso nos faltaba, que le hagas al camaleón". Segismundo no soportó más y se lanzó sobre Rafael, tal como había hecho el día anterior con Pedro, solo que sin la misma suerte, porque a Rafael le bastó hacerse a un lado para que Segismundo se fuera de bruces. "Ole", gritó Rafael. El albino se puso de pie y atacó de nuevo. En esta ocasión Rafael no lo esquivó, sino que dejó ir un puñetazo con toda su fuerza, reventándole la ceja derecha. Al ver correr su sangre Segismundo se paralizó, momento que aprovechó Rafa para soltar el segundo mandarriazo. El albino cayó tendido a la mitad de la calle. Parecía que ya todo acababa cuando Rafael se precipitó a patearlo. Segismundo encogió su cuerpo y se cubrió la cabeza con los brazos. Ninguno de nosotros intervino, ya fuera por miedo, sorpresa e, incluso, por gusto. Rafael lo pateó hasta cansarse. Segismundo quedó bocabajo, con la camisa rota, ensangrentado. Tardó varias semanas en recuperarse y dos de las heridas, la de la ceja y una en la frente, requirieron puntos de sutura.

Como no era la primera vez que Rafael golpeaba a alguien, sus padres decidieron mandarlo a un internado militar en Veracruz. Partió tres días después de cumplir quince años. No regresaría sino hasta cinco años más tarde.

El Vikingo

Ellas se fueron, se pelaron, se juyeron, ¿me entienden? No va a haber show por un rato, tengo que conseguir otras viejas a menos que quieran pagar por ver cómo me cojo a la mamá de Dumbo, ¿verdad, mi orejón? (eres un imbécil, mira cómo te dejaron, ¿quién te pegó? Dime quién fue el hijo de la chingada para ir yo mismo a partirle su madre. Dímelo, carajo). No, Roberto, con tu hermana es distinto, de veras, a ella la quiero, me importa, las demás pirujas me valen gorro, ella no, en serio. (¿El pendejo de Rafael te camoteó así? ¿Por qué no metiste las manos? O qué, ¿le tuviste miedo? ¿Le tuviste miedo, Segismundo?) ¿Es cierto que te embarazaste a una? Cierto, bróder, no sé cuál de las tres, pero lo que importa es que se llevó mi raza, ¿me entiendes? / Una cosa sí te pido, Vikingo, haz lo que quieras con mi hermana, pero no la vayas a embarazar, carnalito / No hay bronca, Roberto, si me lo pides no vuelvo a tocar a tu hermana / Nomás no le compres niño, ahorita no por lo menos / sin cuete, bróder, sin cuete. *Rafa: ¿qué onda? ¿Qué tal Veracruz? ¿Y las chavas? Aquí todo tranquilo, como siempre. No cambia casi nada. Llegó una familia de Piedras Negras. Las hijas están dos que tres, pero ya sabes, los zopilotes cayeron de volada y una de ellas ya es novia del Pelos. El que* está de no conocerse es Segismundo. Se metió a clases de karate y judo y toda la madre. Su papá lo obligó, quesque para que no se lo volvieran a madrear. Lo que sí es que se estiró un buen. Con decirte que está más alto que el Pato, y más mamado. Ahora hasta greña trae. Nos vidrios, jefe, y no marches mucho, no te vayas a cansar. No se te olvide mandarme una jarocha. (¿Entonces te peleaste porque te dicen el Rat? ¿Y así te defiendes? No, hijo, si para pendejo no se nace.) No te mides, Segismundo, ¿cómo te metes con la mujer de Domínguez? ¿No ves que te puede matar? Es judas el cabrón, ¿qué no lo sabías? / Y a mí qué, es problema de la vieja, no mío, y muy policía judicial y toda la cosa, pero ese güey conmigo se la pela. Rafa: escribe, maestro, o qué, ¿los milicos no te dan chance? Yo acá casi la hago con Alejandra, pero la chava se azotó y me salió con que sus papás no la dejan tener novio. Puro cuento, si su hermana anda con el Pelos y es más chica que ella. Para mí que se la columpió el Vikingo y le latió más que yo. Pinche Vikingo, no sé para qué se mete en donde no lo llaman (a lo mejor no te lo había platicado, el Vikingo es Segismundo, él solito se puso así y juró matar al cabrón que le vuelva a decir el Rat). El caso es que Alejandra me dejó como novia de pueblo. Ni modo. Hay más viejas en el mundo aparte de ella, pero no creo que ninguna tan buenérrima de nalgas. Cuídate, cabrón, y no te quemes mucho con el sol.

El Rat

—¿Ya saben?

—¿Qué?

—La semana que entra regresa Rafael.

—¿De veras? Qué buena onda.

—A mí me da gusto. ¿Cuánto tenemos sin verlo? ¿Cuatro... cinco años?

—Cinco.

—A ver cómo le pintan las cosas, capaz que en cuanto ponga un pie en el Retorno el Vikingo lo mata, ya saben cómo lo odia.

—Pues si Rafa se deja.

—Quién sabe. Dicen que sigue siendo igual de bueno para la madriza.

—No creo que tanto como el Vikingo.

—Yo tampoco lo creo.

—¿Y piensas que al Vikingo se le haya olvidado lo que pasó?

—¿A ti se te olvidaría?

—Nunca.

—Menos al Vikingo.

El Vikingo

—Conque ya regresa la reina del carnaval de Veracruz.

—Sí, Vikingo, el martes.

—Qué bien, ¿y qué cuenta su majestad Rafaela?

—Nada, casi no ha cambiado.

—¿Sigue igual de pendejo?

—No sé.

—¿O se sigue haciendo el chistosito?

—Chistoso sí, como siempre.

—Pues que le baje porque un día de estos le rompo toda su madre...

EL RAT

Una noche de junio, mientras platicábamos sentados sobre la barda de la casa de los Belmont, vimos a Rafael caminar hacia nosotros. Llegó y nos saludó como si nunca se hubiera ido. "Quiubo", nos dijo sin más. "Quiubo, cabrón", le respondió Martín y de un brinco se paró junto a él y lo cargó. "Ya te extrañábamos." Rafael soltó una carcajada. "Ni que fuéramos novios, pues." Los demás bajamos de la barda y le dimos un abrazo. Segismundo y Roberto no estaban ahí.

—Y Roberto, ¿dónde anda? —preguntó Rafael.

—En su casa, con el Vikingo.

—¿Ese quién es?

—Segismundo.

Rafael se quedó pensativo unos momentos.

—¿El Rat?

—El mismo.

—Órale, ¿y quién le puso ese apodo tan gacho?

150

—Él solo.

—Sí, es cierto, ya me lo habían dicho...

—¿Cómo la ves?

—Pinche Rat, qué cabrón tan raro, ¿a poco no?

El Vikingo

—Yo creo que el Vikingo lo va a matar —dijo la Papita.

—Si a Rafa se le ocurre decirle Rat —dijo Javier.

—Y aunque no le diga va a ponerle chica madriza —continuó la Papita.

—Bájale, lo que pasa es que el Vikingo es tu ídolo.

—De veras que no te caería mal casarte con él.

—No sean mamones... yo solo les digo que el Vikingo se las va a cobrar todas juntas al pinche Rafael.

El Rat

Nadie supo o nadie quiso decirle a Rafael que Segismundo había esperado día tras día el momento para vengarse, mismo que se presentó una noche mientras bebíamos unas cervezas afuera de La Escondida. Rafael llegó despreocupado y tranquilo. "Quiubo", saludó sin percatarse de que ahí se hallaba el albino, quien lo contemplaba con mirada torva. De pronto los ojos de ambos se cruzaron. "¿Qué onda, mi Rat?", gritó Rafael. Todos enmudecimos esperando la reacción de Segismundo. Yo pensé que al menos Vikingo le lanzaría colérico la botella de cerveza que tenía en la mano. No sucedió así. El albino se quedó inmóvil en su lugar. Rafael caminó hacia él y le palmeó el hombro.

—Qué, ¿no me vas a saludar? —le dijo alegre.

Perplejo Segismundo alcanzó a pronunciar un débil:

—¿Qué pues, bróder?

Rafael se separó de él y lo miró inquisitiva-mente.

—Óyeme, ¿cómo está eso de que ahora eres el Vikingo? Si lo de Rat te quedaba al tiro.

El Vikingo se enderezó y se plantó frente a él.

—Pero, Rat —dijo Rafael—, te estás ponien-do rojo, me cae que no cambias, no aguantas ni una broma.

Segismundo dio un paso hacia adelante y se encaró a su adversario. Crispó los puños. Los de-más nos mantuvimos expectantes.

—¿Qué te traes? —preguntó Rafael.

El albino colocó su mano izquierda sobre el pecho de Rafael y lo empujó hacia atrás. Rafael trastabilló y sonrió.

—No me vengas con mamadas —dijo Rafael con calma.

Segismundo dio otro paso hacia adelante. Rafael lo contuvo.

—Estate quieto, cabrón.

Segismundo lo miró y después se volvió a mirarnos. Empezó a respirar agitado. La Papita, ansioso, trató de animarlo, pero no se atrevió a decir palabra. De súbito el albino pareció recobrar valor y escupió por encima del hombro de Rafael.

—Chinga tu madre, puto.

—¿Qué dijiste que no oí bien?

—Que chingues... —ya no llegó a terminar la frase. Rafael con rapidez lo golpeó en la cara con la mano abierta.

Segismundo se quedó paralizado sin saber qué hacer. Rafael, como si tratara con un chiquillo, volvió a cachetearlo.

—Mira, estúpida rata de laboratorio —dijo con saña—, que no se te olvide jamás cuál es tu lugar y cuál es el mío.

Segismundo trató de decir algo, pero una nueva bofetada lo silenció.

—¿No entiendes, Rat?

Segismundo nos miró a todos, desconcertado. Agachó la cabeza y solitario partió por la calle.

(1987)

El rostro borrado

A Guadalupe Alarid
desde hace treinta y siete años

Al cumplir seis años me hicieron una fiesta. Fue un sábado, lo sé ahora que he revisado el calendario de aquel año. Ese día lo evoco a ráfagas. Recuerdo vagamente a algunos compañeros de mi salón de preescolar a quienes jamás volví a ver y cuyos nombres confundo. Recuerdo a un payaso gritón, una piñata en forma de nave espacial color verde con listones rojos en las puntas y un pastel de vainilla cubierto con betún de chocolate. Recuerdo a mi madre aplaudiendo, a mi padre jalando el cordón de la piñata, a mis tías de Sinaloa saludándome de beso, a mis abuelos regalándome una avalancha amarilla. Recuerdo a mi perro amarrado al tronco de la higuera, ladrándoles a los niños que correteaban a su alrededor. Pero sobre todo recuerdo a Laura, mi hermana menor, vestida con piyama, asomándose desde la ventana de su cuarto, mirándonos romper la piñata mientras masticaba una caña de azúcar. Había llorado toda la mañana: no le habían permitido salir a la fiesta, llevaba tres días con fiebre y dolores musculares.

Una semana después, desde la misma ventana, observé cómo mis padres la envolvían en una cobija azul para subirla a un automóvil y llevarla al hospital. Fue la última vez que la vi.

El martes o miércoles siguiente —el parpadeo de la memoria me impide acordarme con claridad— fue mi abuela y no mi madre quien me recogió en la escuela. Habló con la profesora unos minutos y me llevó a su casa. Durante el trayecto me dijo que Laura se encontraba enferma, que mis papás tenían que cuidarla y que pronto se pondría bien. Mentía: mi hermana había muerto unas horas antes.

Me quedé con mi abuela cuatro días, cuatro más con mi tía Carmina y otros tres en casa de mi tío Pablo. Ninguno de ellos volvió a mencionarme nada sobre mi hermana. Tampoco mis padres cuando hablaban conmigo por teléfono. En todo ese lapso no me presenté al colegio. Las mañanas transcurrían bajo el cuidado de Beatriz, la más joven de mis tías, quien a menudo dejaba inconclusos nuestros juegos para quedarse abstraída mirando un punto fijo.

Por las tardes mi tía Carmina o mi tío Pablo me llevaban a comer helado o a los juegos mecánicos o de compras, siempre procurando entretenerme con una falsa alegría.

No entendí cabalmente qué sucedía hasta que regresé a la casa y descubrí la ausencia de Laura y de todo aquello que la significaba. Faltaba toda ella: su voz un poco ronca, sus sonrisas, su andar inquieto, los muebles de su recámara, sus cortinas rosas, sus muñecas, sus frascos con dulces, su ropa, sus dibujos hechos a crayón. Y faltaban —sobre todo— sus fotografías.

No quedaron en la casa indicios de lo que había sido Laura: mis padres habían decidido deshacerse del mundo de su hija muerta.

Al cabo de un tiempo incluso su nombre dejó de pronunciarse. A las preguntas sobre ella mis padres respondían farfullando frases inentendibles para de inmediato cambiar de tema. Luego el silencio sobre Laura se extendió al resto de la familia. Pareciera que Laura nunca hubiera existido.

A mí su desaparición me pesó hondamente. La extrañaba, sobre todo en las tardes, cuando jugábamos a las escondidillas, a los carritos, a vestir y a desvestir muñecas, a las pistolas de agua. A pesar de la diferencia de sexo nos entendíamos bien y era raro que peleáramos.

En un inicio mis padres hicieron un esfuerzo por aliviar mi soledad. Me leían cuentos o me llevaban al cine. Luego sus propias heridas los hicieron reconcentrarse en sí mismos y me fueron abandonando poco a poco hasta que dejaron de hacerme caso. Las tardes se convirtieron en un mudo pasar de horas que me hastiaba y me agobiaba.

Mi recuerdo de Laura se fue deslavando y comencé a olvidar sus facciones, sus gestos, su forma de mirar. Su rostro se me perdía y no había por ningún lado fotografías suyas para poder recuperarlo. Su imagen se redujo a un único momento: aquel en que envuelta en una cobija azul partía rumbo al hospital. Fueron días difíciles que ahora tengo como los más amargos de mi vida. Mucho se me hubiera facilitado este trance de haber tenido la oportunidad de despedirla, de hablar de ella, de jugar con sus juguetes hasta hacerlos inservibles, de mandarle un beso en su ataúd. Mis padres pensaron lo contrario y al quitármela de tajo me dejaron sin nada a qué asirme. Ni siquiera me dijeron el día exacto de su muerte, ni de qué murió. Me quedé con la idea de que la muerte avasallaba demasiado.

Una tarde, mientras jugaba en la sala, metí la mano por entre los cojines de un sofá en busca de una moneda que había resbalado hacia el fondo. Encontré la cabeza de una pequeña muñeca, favorita en algún tiempo de mi hermana. Me sentí tristemente feliz. Sin quererlo Laura había dejado un rastro de sí misma que vulneraba el decomiso protector de mis padres.

Comencé a escudriñar la casa y así encontré un chupón polvoriento debajo del refrigerador, una chancla en el fondo de la alacena y un arrugado dibujo suyo entre las oxidadas herramientas de mi padre. Mi arqueología fraterna, aun con sus escasos hallazgos, de alguna manera me permitió reencontrarme con Laura.

Siete meses después de su muerte, mi madre anunció en una cena familiar que se hallaba embarazada. Mi abuela la abrazó y mi padre brindó con mis tíos. A mí la noticia me enfureció: lo tomé como un acto desleal de mis padres hacia mí y hacia Laura.

La gestación de mi hermano Javier abundó en cuidados desde un principio. Al primer brote de malestar mi madre se tumbaba en la cama, dejándose mimar por mi padre y mi abuela. Yo resentí esa preñez excesivamente vigilada que me escamoteaba aún más el cariño materno.

El embarazo se desarrolló sin complicaciones y el parto se presentó de manera normal. Mis padres, ahora lo entiendo, consideraron el nacimiento de Javier como una oportunidad para superar la pérdida de su hija. Así Javier creció bajo el signo de una ausencia que todavía provocaba miedo y dolor y que hizo de él un niño sobreprotegido e inseguro.

Pronto entablé una rivalidad ciega y desigual con mi hermano. No desaproveché la ocasión para molestarlo, ya fuera interrumpiendo bruscamente su siesta vespertina, rompiéndole sus juguetes o simplemente molestándolo con pellizcos en las piernas. Lo hacía siempre subrepticiamente para no ser sorprendido por mis padres. Cuando me descubrieron me castigaron con dureza y me prohibieron acercármele, lo cual aumentó mis celos en su contra.

A los tres años de edad Javier se tornó en un muchachito caprichoso y sentimental que lloriqueaba a la menor provocación. Con frecuencia lo comparaba con Laura y en la comparación salía perdiendo. A Laura la recordaba tranquila y dulce y a Javier simplemente no lo soportaba. Mi guerra personal contra Javier cejó cuando nació Martín, mi otro hermano. Para ese entonces yo ya había cumplido once años y ya no estaba interesado en fastidiar a un niño de cuatro. Por otra parte la atención puesta en el recién nacido permitió que Javier se librara un poco de la asfixiante preocupación de mis padres y su personalidad se hizo menos conflictiva. Al menos disminuyeron sus berrinches repentinos, que tanto me irritaban. Martín resultó parecerse a Laura de varias maneras. Al igual que ella tenía el cabello rizado y las piernas ligeramente arqueadas. El temperamento era casi idéntico, con un sentido de lo temerario que le hacía cometer actos de cierto riesgo para un niño, como brincar desde lo alto de las literas o acariciar perros extraños. Nunca pude llevarme con él: demasiados años nos distanciaban.

Tanto Martín como Javier crecieron sin una noción clara de Laura. Más que una hermana, Laura era una abstracción, un ser volatizado en una remota fase de la historia familiar. Nada había que los uniera con ella. No bastaba haber compartido el mismo hueco dentro de las vísceras maternas, haber succionado la vida de los mismos pezones, compartir la sangre. No, para ellos Laura apenas era una frase, una descripción brumosa.

Mi entrada a la adolescencia agrió mi carácter. Continuamente reñía con mis padres, a quienes en el fondo no les perdonaba el modo como habían erradicado el recuerdo de mi hermana. Me enfurecía que festejaran los cumpleaños de mis hermanos y omitieran la fecha en la cual había nacido su hija muerta.

Nunca hicieron alusión al imposible día en que Laura hubiera cumplido cinco años. Cuando se lo reproché en una reunión familiar no dijeron palabra y continuaron cenando sin alterarse.

Al terminar la cena mi tía Beatriz me llevó a un cuarto para hablar conmigo. Me pidió que olvidara, que nada ganaba removiendo un pasado del cual toda la familia apenas se sobreponía y me dijo que por mucho que quisiéramos nada podía hacerse para traer a Laura de vuelta. Furioso le grité que estaba harto de tanto mutismo y sigilo, que ni siquiera sabía de qué se había muerto mi hermana y que de tanto tragársela mis padres ya no podía recordarla.

Beatriz abrió su bolso y de su cartera extrajo una pequeña fotografía de Laura. Me la entregó y lloré de nuevo al ver su rostro. Mi tía me estrechó y me dijo que yo no podía imaginar cuánto habían sufrido mis padres ni todo el empeño, quizá equivocado, puesto en evitar lastimarme.

Llegaría el momento —dijo— en que ella misma me revelaría todo lo referente a la muerte de mi hermana y descubriría lo dura que había sido. Lloré largamente y cuando al fin regresamos a la sala encontramos solo a mi padre, que lloraba también.

Guardé la fotografía junto con los demás objetos de Laura. Su imagen, las palabras de Beatriz y el llanto de mi padre apaciguaron mi ansia y mi furia. Sin embargo, el sigilo en torno a Laura continuó por varios años. De algún modo acepté las reglas del juego y comencé a olvidar y, sobre todo, a comprender. Me casé y tuve dos hijas y un hijo. A la mayor la nombramos Raquel, como su madre. A la otra Natalia y a mi hijo, Rodrigo, como yo.

Murió mi padre y casi de inmediato, mi madre. Poco después mi tía Beatriz me habló para decirme que tenía algunas cosas que mi madre le había dado para que guardase y que deseaba entregarme. Eran dos cajas de cartón selladas con tiras adhesivas. Al abrirlas me encontré de golpe con la vaharada de mi pasado.

Acomodadas cronológicamente se hallaban decenas de fotografías de mi hermana. También se hallaban algunos de sus juguetes, sus dibujos, sus blusas; un pequeño cofre con rizos, moños, monedas y un clavo plateado; el libro de *Pulgarcito* que mi madre nos leía a ambos todas las noches por ser nuestro predilecto. Había también un *cassette*. Traía canciones grabadas por nosotros dos. Se escuchaban nuestras risas, su voz un poco ronca, sus bromas, las jóvenes frases de mi madre.

En una de las cajas descubrí unas cartas. Se las dirigía mi madre a Laura después de haber muerto. En éstas le relataba el correr del mundo que seguía sin ella, con noticias de mi padre, de mi abuela, de mí. Algunas tenían incluso fecha reciente, de apenas dos o tres años atrás. Había en cada línea escrita la sensación de una culpa desmedida, de un dolor jamás digerido.

Contemplé las fotos y las pertenencias de mi hermana a lo largo de la noche y la madrugada. Escuché el *cassette* una y otra vez. Los recuerdos volvieron nítidos y lejos de dañarme, me reconciliaron con mi pasado.

Al día siguiente les mostré a mis hijos el contenido de las cajas. Les hablé de Laura, les regalé sus juguetes para que jugaran con ellos, hasta hacerlos inservibles. Les permití que dibujaran sobre sus dibujos y vistieran y desvistieran sus viejas muñecas. A mis hermanos les regalé algunos de los objetos. A Javier el pequeño cofre y las cartas de mi madre. A Martín las blusas, para que las usara su pequeña hija.

Invité a cenar a mi tía Beatriz a un restaurante, a solas. Quería saber de una vez cómo había muerto mi hermana. Beatriz lo sabía. Por eso, sin ambages, me narró la causa de la muerte de Laura: ella había ido a una excursión escolar a un pequeño zoológico privado, con la idea de que los niños convivieran con especies tanto salvajes como domésticas y pudieran alimentar cabras, recoger huevos de pato, sentir la piel de una víbora, acariciar venados.

Ese día el zoológico se hallaba repleto, pues habían coincidido en la visita tres escuelas distintas. Hubo necesidad de rifar la entrada a las diversas jaulas y corrales. Laura ganó la oportunidad de cargar a un cachorro de zorra gris. Al alzarlo feliz para mostrárselo a una compañera el cachorro le mordió el dorso de la mano izquierda. Riendo nerviosa, mi hermana soltó al animal, dejándolo caer desde lo alto. La maestra le revisó la herida y al ver que se trataba de una incisión poco profunda le dijo que con salivita sanaba.

Mi hermana regresó a la casa con una curita en la mano y una anécdota, sin saber que en la sangre llevaba inoculado el oscuro virus de la rabia.

Mi madre no le prestó mayor importancia a la herida y cuando descubrieron que la zorra era portadora del mal ya mi hermana presentaba avanzados síntomas.

No hubo esperanza. Laura murió atrozmente en un cuarto sin luz, entre oleadas crecientes de convulsiones y espasmos que la asfixiaron, enganchada su mano a la mano de mi padre.

Cuando Beatriz terminó su relato, su rostro no denotaba emoción. Parecía como si hubiese contado la historia en miles de ocasiones y ya hubiera llorado lo suficiente. Miré a mi alrededor. Los parroquianos charlaban, reían, comían, mientras en mi mesa el tiempo parecía suspendido. Volvió a Beatriz la expresión abismada de cuando dejaba inconclusos nuestros juegos. Quise decir algo y no pude. Pagué la cuenta y nos retiramos en silencio.

Llegué a la casa y entré al cuarto de mis hijos. Los tres dormían. Natalia abrazada a una de las muñecas de Laura.

Entré a mi recámara. Raquel me esperaba recostada sobre la cama leyendo una revista. Me preguntó cómo me había ido y le contesté secamente que bien. Deseaba que me llevara a su lado, me estrechara y me dijera que de verdad todo estaba bien. Yo me limité a darle un beso en la frente.

Ella apagó la luz y yo bajé a la sala. Escuché el *cassette*. Cuando terminó lo saqué del aparato y rompí en pedazos la cinta y también cuanta foto hallé de Laura. Subí de nuevo a mi recámara. Me metí en la cama y cerré los ojos. Recordé a mi hermana envuelta en una cobija azul a punto de partir hacia el hospital y lloré sin parar toda esa noche.

(1995)

195

A Federico Patán

1

Rómulo retira su pene exhausto del surco pegajoso de la mujer y envuelve su cuerpo con las sábanas raídas. Serafina se le acerca, lo abraza con fuerza serena y le susurra al oído que está embarazada y ya tiene cuarenta y cinco días gestando al nuevo ser. Rómulo se incorpora de la cama y mira con horror el pequeño cuerpo femenino, sudoroso, desnudo. Algo dentro de sí le hace reaccionar con miedo, temer su propia sangre. Imagina al hijo como un probable enemigo, como la cadena interminable que se enlazará a su cuello, lo ahogará y lo arrastrará de por vida hacia la mujer que ahora lo observa con esa mirada dulzona de a quien aún no le abandonan las fibras del orgasmo.

—¿No te da gusto, mi amor? —pregunta la mujer en cuyo vientre se desata un proceso que Rómulo quisiera detener.

—No sabes qué contestar, ¿verdad? —dice ella con una voz monótona, segura, maternal, y sí, él no sabe qué contestar, pero intuye que en ella se oculta alguien de quien debe recelar: el ser que oculto en la panza hinchada espera el momento preciso para vencerlo.

—Me dijiste que te estabas cuidando —reclama él, pero ella musita un "no hay problema... no hay problema" y continúa: "un hijo y más, más amor de ti" y él piensa que ella piensa que ese ser los va a unir, aduciendo responsabilidades estúpidas con el estúpido pretexto de que son padres de un tercero que él no desea ni ha buscado y al cual teme y que se gesta en aquella habitación agrietada y sucia, sin poder hacer algo para evitarlo.

—Ven, mi amor... ven, acuéstate aquí conmigo... —y ella alza los brazos hacia él, con esa fuerza femenina, soterrada, constante, que Rómulo sabe lo puede llevar hacia ese ser que algún día (él lo intuye) lo destruirá.

Por un mero impulso Rómulo pronuncia un débil "no". Ella vuelve a alzar sus brazos, como una anémona, como la forma disfrazada de un ardid, el mismo ardid que la madre de Rómulo puso en marcha a través de su hijo para recuperar al padre, el padre que los había abandonado cuando Rómulo nació y que trató de huir, sin lograrlo, pues su hijo, que había crecido bajo la ausencia lacerante de su padre, decidió vengar el abandono y lo buscó durante años, hasta que lo encontró y lo sometió con golpes e insultos y lo obligó a cumplir como padre, como un padre viejo y vencido, que ha sido destronado como hombre y sentado contra su voluntad en el trono de las imágenes paternas, que pese al esfuerzo del hijo son irrecuperables.

Así la madre inundó el hogar con un cariño vengativo, maniatando al padre bajo el peso de una moral familiar inflexible, vigilada día a día por el hijo. Y el padre quiso huir, pero no pudo, porque el hijo atajó todas las salidas con violencia, con esa violencia que solo puede partir de la misma sangre. Pero el padre pudo escapar cuando reventó su cabeza con una bala calibre 22, prefiriendo la muerte a seguir siendo vejado y sometido. Ahora Rómulo-hijo se descubre como un Rómulo-padre que repite el error, que germina a una mujer que no quiere, ni desea, pero que va a utilizar al hijo para hacerlo volver, atarlo: vencerlo.

Ella insiste:

—Ven, mi amor, ven... —y él repite su "no" inseguro, temeroso. Se encierra en el baño. Mira en el espejo el rictus de su rostro en el cual confluyen todas las emociones: el amor con la pasión, la pasión con el miedo, el miedo con el odio. El miedo con el odio. Toma su ropa y se viste con prisa. Afuera la mujer deja fluir de nuevo su voz:

—Rómulo... ven... ven...

Rómulo abre una ventana que da a la azotea del hotel y escapa.

2

Es de noche. Serafina se sienta en el catre y toma la fotografía que descansa sobre el buró. Han pasado 124 días desde la última vez que se encontró con Rómulo y la fotografía que ahora contempla no es de él, porque ahora Rómulo es un aroma, la sensación de antiguas caricias, el recuerdo de su peso sobre ella mientras hacían el amor, el vaho ardiente sobre su nuca, las palabras pronunciadas como vagas promesas de larga unión, pero, sobre todo, él es la mitad del ser que lleva en sus entrañas. Y el Rómulo que Serafina conserva es ahora un nuevo Rómulo, uno que ella ha forjado desvaneciendo la figura original para convertirla en un Rómulo domeñado: un Rómulo que no había huido de ella, sino que había partido por razones urgentes, y que algún día regresaría; un Rómulo que ella presentaría a su hijo como un hombre generoso; un Rómulo que se había estacionado en sus sueños y que ya nunca podría escapar y sería por siempre amante, por siempre compañero. Un Rómulo que vibraría aún más cuando ella diera a luz al habitante de su vientre y que llevaba tanto de él, de Rómulo, de nostalgia, un hijo... de él.

3

Corrió y corrió hasta reventar, cuando sus pulmones no dieron para más. Jaló aire. Dentro de su mente se agolpaban las imágenes de la mujer desnuda, de la mujer preñada que recién había abandonado y que aún lo aterraba.

Trató de calmarse. Empezó a caminar. Las piernas le temblaban a cada paso. El sudor se deslizó sobre su frente y humedeció sus cejas negras y pobladas. El ruido de la calle se convirtió en un rumor sordo que él apenas percibió. Deambuló sin rumbo hasta llegar a una banca desolada en un parque desolado en donde la tarde de domingo se extinguía. Los gorriones, escandalosos, se congregaban en los árboles cercanos en busca del refugio nocturno. Rómulo suspiró hondo, se acostó sobre la banca y se quedó dormido.

4

Cuando Serafina sale a la calle pone por delante la prueba de su embarazo con un orgullo casi prepotente.

Camina por el Retorno con paso orondo, gozando en cada pisada el vaivén de su barriga, retando así las malhabladurías, las bromas crueles, los chismes y las miradas inquisitorias que se detienen justo en la pronunciada curva del enmedio de su cuerpo. No le importa en lo absoluto. Va a ser madre y cumplirá cabalmente con el arcaico papel de traer la vida, de expulsarla al mundo para defenderla contra todo, como solo las mujeres la saben defender.

5

La tarde en que Rómulo abandonó a Serafina, él no supo, ni pudo imaginar siquiera, que ella lo había llamado mil veces y que al no encontrarlo se había abrazado a la almohada y se había puesto a llorar, que ella se quedó esa tarde de domingo en el hotel y la noche también, buscando entre los pliegues de las sábanas el aroma, el rastro de él, y que ella se había puesto a sobar con amor su vientre, con el consuelo de que dentro de ella se quedaba parte de él. Él no supo, ni pudo imaginar, nada esa tarde de domingo porque solo pensaba en huir lo más lejos posible.

6

Por las mañanas Serafina sale a hacer las compras. El jabón, el aceite, las pechugas de pollo, el cilantro, la sal. Lo compra todo en La Escondida, el estanquillo que se encuentra en el Retorno 202. Ahí platica insensateces con la dueña de la tienda. Hablan del clima, de las telenovelas. Serafina guarda el mandado en una bolsa y regresa a casa de sus patrones. En el camino va hablando, pero no habla sola, le habla a su hijo. Le describe lo que él aún no ve, pero verá pronto. Le dice palabras dulces, como si el embrión pudiera entenderlas. Y ella blande su barriga al mundo, como si no hubiese más mundo que su barriga.

7

Cuando Rómulo huyó, no partió de la ciudad. Pensó que podía escapar mejor refugiándose en las vaginas de otras mujeres. Por ello noche a noche se acostaba con una distinta y su falo ansioso hurgaba dentro de ellas en busca del camino que lo alejara de la mujer que había preñado. Fue inútil: la cadena interminable que partía de las entrañas de Serafina se prensó a su cuello y lo comenzó a asfixiar y más lo ahorcaba cuanto más trataba de huir y es que en cada una de las mujeres que fornicaba se ocultaba la fuerza femenina, solidaria, que recuerda que la vida brota en sus vientres. No había salida: ellas eran también eslabones de la cadena, un recuerdo del hijo que va en camino y que grita en la conciencia del hombre que desde antes de nacer lo desprecia. Rómulo lo sabe: el hijo no cederá hasta hallarlo y someterlo. Rómulo decide: va a regresar, no hay forma de evitarlo.

8

Ella los ha contado con precisión: han transcurrido 170 días de su embarazo y 125 días desde que Rómulo la abandonó. Pero ella no sabe ni puede imaginar siquiera que Rómulo ha vuelto a la colonia, que atisba sigiloso, que la sigue de lejos, que la observa hacer sus compras y platicar con la dueña de La Escondida. Ella no sabe, ni puede imaginar siquiera, que él llega a escuchar lo que dice cuando habla sola (y es que él no sabe a quién le habla ella, porque él no lleva a nadie en sus entrañas).

9

Está cerca, demasiado cerca. La trampa está ahí, en el cuerpo deforme. ¿Por qué? ¿Por qué la maldición tiene que provenir del semen propio? Él ha regresado, no por ella, sino por el otro, por aquel que se balancea cómodamente en espera del momento oportuno para atacar.

La sangre que teme a la sangre.

10

Rómulo piensa:

A la mujer el hijo se le escapa. Brota de ella y se va. Después de tenerlo junto a los intestinos, de sentirlo en la garganta, en la boca, en la piel, de percibir como uno solo los latidos de ambos, el hijo, que emerge con dolor, se aleja y la madre busca a toda costa retenerlo, volver a hacerlo suyo, incorporarlo de por vida al mundo de sus vísceras.

Para el hombre el hijo que emerge es un ser desconocido, que al salir de la hendidura materna busca al padre, sus intestinos, su garganta, su boca, su piel. Es un ser que quiere absorber al padre y no permitirle fugarse.

Ahora Rómulo le tiene miedo al pequeño feto, como si este quisiera engullirlo para encarcelarlo junto a él en las entrañas de la madre, para compartir la misma celda, la caverna rojiza y viscosa que guarda y aprisiona la vida.

11

La mirada del hombre escudriña cada rincón del Retorno, a cada uno de sus habitantes. Los ojos acechan la calle, recorren con delirio el trazo rectilíneo. Ella sale. Lleva la bolsa del mandado al brazo, la panza erecta, amenazante. Él se esconde.

Ella no lo descubre y pasa de largo. Rómulo traga saliva y desaparece.

12

El volumen de la televisión ensordece menos que los gritos de los niños. Serafina, quieta en una silla, trata de seguir los pormenores de una telenovela. Queta, desde la habitación de arriba, ordena a los niños que se callen. Gonzalo, con su aspecto de lagarto, se recuesta en un sillón a leer. Marisa platica por teléfono con una amiga de la secundaria. Afuera, en la calle vacía y oscura, oculto bajo un poste de luz con la luminaria rota, Rómulo contempla expectante las sombras en los ventanales, tratando de adivinar cuál de ellas es la figura que busca.

13

La acción se repite una y otra vez. Rómulo espía la silueta abultada que por las mañanas va a La Escondida. La sigue en cada uno de sus pasos, adivina sus emociones, el goce de su embarazo. Ha descubierto que ella le habla a su hijo (s-u h-i-j-o).

Un sábado por la tarde Rómulo advierte movimientos extraños en la casa. Gonzalo carga unas maletas y las coloca en la cajuela de un automóvil que Rómulo no reconoce. Un hombre, al cual tampoco reconoce, lo ayuda. Queta sale de la casa junto con dos niños que presurosos abordan el carro. Marisa se queda recargada en el quicio de la puerta y se despide de sus padres. A su lado Serafina recibe instrucciones.

—Te encargo mucho a Marisa. Estamos de vuelta el lunes. Aquí te dejo apuntado el teléfono del hotel donde vamos a estar en Cuernavaca. Ya se lo dejamos también a la señora Carlota. Cualquier cosa que llegue a pasar o llegues a necesitar, nos avisas.

—Sí, señora.

—Muy bien y... cuida mucho a ese bebé...

14

El automóvil arranca y se pierde rápidamente. Las dos pequeñas figuras se despiden efusivamente y él, agazapado, observa. Contempla a Serafina. Él no la ama. No la quiere junto a él. No desea ni su cariño, ni sus palabras suaves, ni su gordura progresiva. Así como su padre tampoco deseaba a su madre, ni la amaba.

15

La cadena lo asfixia, lo sofoca, le impide dormir, comer. Sabe que ella no es el adversario, sino él, el pequeño ser gestante que desde las entrañas maternas organiza el ataque que lo someterá. Serafina es quien ha tendido la cadena, es el hijo quien la tensará. Tiene que romperla, conjurar la amenaza, vencerlos a ambos, antes de que ambos lo venzan, tal y como él y su madre derrotaron a su padre.

16

Serafina toma la fotografía de Rómulo y la descansa sobre su vientre y le dice a su hijo que esa imagen es la de su padre y que pronto, muy pronto, volverá.

17

Han pasado 195 días desde que Rómulo abandonó a Serafina. Anochece y ella se sienta a ver el televisor junto a Marisa. Afuera, en la calle rectilínea y larga, Rómulo acecha. Espera una oportunidad, una sola, para poder destruir por siempre la cadena que lo asfixia.

18

Dan las siete y media de la noche y Marisa le pide a Serafina que vaya a La Escondida a comprar leche y pan para la cena.

Serafina va a su cuarto, recoge un suéter azul pálido, se lo pone y sale a la calle.

19

La silueta abultada sale y camina lenta por el asfalto oscuro. Una oportunidad. Una sola. Ella goza en cada pisada el vaivén de su barriga. Le habla a su hijo. Rómulo espera. La oportunidad llega. Con prisa el hombre da vuelta a la cuadra y se agazapa en el callejón estrecho al final del Retorno 201 que comunica con el Retorno 202.

20

La sombra se desliza.

—¿Quién anda ahí?

Ella se sobresalta y cubre con ambos brazos el bulto de su panza.

—¿Quién es?

La cadena que aprieta empieza a aflojarse.

—Ya, Marisa, no juegues, me asustas.

Una oportunidad, una.

—Sal de ahí, Marisa, por favor...

La mujer retrocede. Una voz:

—¿Ya no te acuerdas de mí?

La mujer cree reconocer la voz... duda...

—No, ¿quién eres?

La voz resurge de entre la oscuridad.

—Acuérdate.

—¿Rómulo?

La voz se silencia. La mujer repite:

—Rómulo, Rómulo, Rómulo...

La mujer deja escapar su júbilo. Ha vuelto, ha regresado 195 días después.

—¿Por qué no me buscaste?

—Te busqué, te busqué por todos lados y no te encontré.

La figura masculina se aproxima, despacio.

—Te lo juro, mi amor, que te busqué. Fui a la obra, les pregunté a los demás, me dijeron que te habías ido.

—No.

Él se acerca lentamente.

—¿Qué te pasa? ¿Estás borracho?

—No.

La mujer sonríe.

—Te extrañé.

—No.

La cadena asfixia. Una oportunidad. Una.

—Pero cómo crees que no te iba a buscar (él lo sabía, lo sabía desde el principio)... me hiciste sufrir, pensé que no volverías (y por ello mandaría a su hijo por él).

—No, no (la cadena oprime), no (ya no soporta más), no...

—Ven, ven... (la voz que fluye, que penetra, que atrapa), ven... aquí tengo a tu hijo.

Y la palabra "hijo" se prolongó en un gemido... en la obscuridad ella pudo adivinar apenas la sombra alargada que se estrelló contra su vientre, una, dos, muchas veces. Sintió los golpes reventar sus entrañas. Se derrumbó. Su boca quiso articular un "Rómulo", un "ya no", un "mi amor", un "tu hijo", "tu hijo", pero las patadas furiosas se lo impidieron. En su vientre su hijo se movía, se defendía. De pronto el silencio. Rómulo se detuvo un instante y desapareció.

21

Silencio y más silencio. Se rompe el silencio: Serafina araña la pared para tratar de incorporarse. Se escuchan jadeos y el borboteo de sus lamentos.

22

Empezó a correr y sus piernas avanzaron cada vez más veloces, más libres. Había roto la cadena. Ya no hay enemigo, ni nada que lo asfixie.

23

Han transcurrido dos horas y Marisa, acostada en su cama, escucha a Serafina entrar a la casa. La oye caminar con paso sosegado en su cuarto sin encender la luz. Marisa se arropa con las cobijas y piensa: "Ella es una mujer extraña".

24

Es un mundo rojo, líquido, que abrasa, que quema, es un mar de rojo y el peso se escurre, se escurre en lo rojo. Sale el peso, se va el peso, te vas, hijo, te vas. Está oscuro, rojo oscuro. Noche oscura de rojo oscuro. Se desliza entre las piernas y abrasa y quema y se va y abrasa y quema y Rómulo, ven, mi amor, ven, aquí, tu hijo, mi hijo, me abrasa, me quema, no me quemes, hijo, no, 195 días, tu hijo...

25

Marisa baja a la cocina a desayunar. Es domingo, día de descanso de Serafina, pero ella aún no sale de su cuarto. "Es una mujer extraña", vuelve a pensar. Pasa el tiempo y la pequeña mujer

sigue sin salir de su habitación. Marisa se asoma
al patio y la llama a gritos. No le contesta. Se dirige hacia el cuarto. Toca la puerta. No le contesta.
Abre y encuentra a la mujer sentada en la cama,
con las piernas abiertas y llenas de sangre.

—¿Qué te pasó? —chilla Marisa.

26

Fuma tranquilo. Despacio. La mujer junta su
cuerpo desnudo al de él. Sudan. Hace calor. Rómulo respira hondo. Ya no hay trampas. La cadena se ha roto. La amenaza conjurada. El enemigo
derrotado. No más carne persecutoria. La mujer
que ahora lo besa no sabe siquiera cómo se llama,
ni de dónde es, ni quién es, y él no se lo dirá nunca.
Ya no hay trampas y, si las hay, él sabe bien cómo
evitarlas.

27

Serafina parece no escuchar.

—¿Qué te pasó? —repite Marisa.

Serafina se vuelve a verla.

—Nada —contesta.

—¿Cómo que nada? ¿Y esto? —pregunta
Marisa señalando la cama enrojecida.

—Me caí, me caí en el callejón.

—¿Te sientes bien? —pregunta Marisa titubeando.

—Sí...

—Voy a hablarle al doctor del Río.

—No, por favor.

—Estás muy mal.

—Ya me siento mejor.

—Le voy a llamar aunque no quieras.

—Por favor, no.

El "por favor" es en tono suplicante. Marisa observa a la mujer. No sabe qué hacer.

—¿Cómo te caíste?

—Así nomás.

Serafina respira agitada. Marisa la contempla, atónita.

—¿Y el bebé?

La mujer se queda un rato inmóvil, luego de unos segundos se agacha y de debajo de la cama saca un pequeño bulto envuelto en papel de periódico. Lo muestra a Marisa. Una náusea solidaria, maternal, le escuece la garganta.

—¿Está vivo? —pregunta Marisa.

Serafina mueve lenta la cabeza y comienza a llorar.

28

La carne derrotada antes de la luz. La sangre que vence a la sangre. Ya no más trampas. Ya no.

29

Marisa toma el pequeño envoltorio y lo deposita sobre la cama. Serafina la observa, indefensa. Poco a poco Marisa separa los pliegues de papel. Los ojos móviles de Serafina vigilan la acción. Marisa abre por completo la envoltura y aparece el pequeño ser, rojizo, amoratado. Serafina le acaricia la cabeza.

30

Iba a ser una niña. Entre Marisa y Serafina limpiaron con algodones el cuerpo inerte. Lo cubrieron con una sábana blanca y buscaron un lugar donde enterrarla. Escarbaron con sus manos un hoyo en el jardín y ahí lo depositaron. Luego procuraron taparlo bien para disimular la sepultura.

Esa misma tarde Serafina desapareció.

31

195 días.

(1986)

En paz

A Carlos y Angélica

María detiene su cuerpo de sirena ondulante que parece surgido del mar, del calor, de la playa, las palmeras, del sol que quema su cara ahora que está parada en medio de la calle de este Retorno 201 en el que vivimos ella y yo y me pregunta: "¿No has visto a Juan?" y yo no le contesto y es que yo no he visto a Juan ni lo quiero ver ni quisiera que tú lo vieras porque tú amas a ese y yo te amo a ti, María, y no recuerdo cuándo empecé a amarte pero sí recuerdo a esas mujeres que entraban a la casa cuando mamá no estaba en casa sino en Monterrey cuidando a mi abuela y esas mujeres platicaban con papá y papá me decía: "Esta es tu tía Ivette, esta tu tía Rebeca y esta tu tía Margarita y esta tu tía Remedios" y yo tenía muchas tías y mi padre me decía: "No le digas a mamá que vinieron a visitarnos tus tías porque ellas no le caen bien y ni tú ni yo queremos que mamá se enoje, ¿verdad?" y yo, que quería más a mi papá que a mi mamá, no le decía nada a mi mamá como yo ahora no te digo dónde está el tipo ese masquinado y embuitangado que te trae loca, como tú me traes loco a mí, y es que tú no percibes no detectas no observas no reconoces

187

no notas ni descubres este amor salvaje que tengo por tus ojos tu nariz tu boca tu cuello tus senos tus brazos tus piernas tus nalgas tus rodillas la planta de tus pies y el dedo meñique de la mano izquierda la misma mano que me fracturé cuando quise detener la bicicleta del hombre barbudo de profesión cartero y que iba a atropellar al perrito callejero que yo había adoptado con leche y galletas de animalitos, animalitos que mi papá me llevaba a ver al zoológico y me decía: "Ahí está una jirafa un león un hipopótamo un tigre un venado una nutria" y yo veía a los animales y caminaba con mi padre y mi padre trabajaba de ocho a tres y yo lo esperaba a comer y jugábamos juntos hasta las siete y sonaba el timbre y llegaba a la casa una de mis tías y mi perro mordió al vecino que vivía junto a tu casa, María, la casa que añoro en mis sueños, ilusiones, quimeras y desvaríos y que es tan lejana tan lejana de esta casa mía llena de ausencia de madre y repleta de tías y más tías.

María detenida a la mitad del Retorno con el sol que le quema el rostro insiste: "¿No has visto a Juan?" y la historia es: ella está enamorada de Juan y yo estoy enamorado de ella y de mí está enamorada Elena y de Elena está enamorado Pedro y de Pedro está enamorada Leticia y de Leticia está enamorado Juan y yo te digo, María: "Sí, yo sé dónde está Juan, fue a ver a Leticia"... *él* está enamorado de ella y *yo* (yo) estoy enamorado de *ti* y *tú,* estúpida, no te das cuenta y tienes la osadía de decirme: "Te tengo confianza, Miguel, somos amigos y te confieso mi más gran secreto... estoy enamorada de Juan" y yo, perra vagunda, vaprosística, inalcantarillable, no te tengo confianza y por eso no te digo que te amo, como tampoco pude decirle jamás a mi madre de todas las visitas que en forma de tía aparecían por el sólido-escuálido-rimbombante hogar, ni te diré a ti, madre, mujer vagabunda, vaporosa e inalcanzable que mis tías dormían en el cuarto tuyo y de papá y que en el mismo lecho matrimonial en el que tu himen se desquebrajó papá besaba a todas mis tías, les besaba los ojos la nariz la boca el cuello las orejas los senos las nalgas los brazos las piernas las rodillas las plantas de los pies el dedo meñique de la mano izquierda la misma mano que se llevó al pecho cuando le dio un infarto, cuando su miocardio musculoso se partió en dos y entonces él gritó sin decir palabra y de su boca se escurrió la baba pastosa, medio seca, de la muerte que se lo llevó de prisa y nos lo dejó con los ojos abiertos, observándome a mí con mis dos mil seiscientos sesenta y seis días de edad y a una de mis tías, no recuerdo cuál, que semidesnuda, semibesada, semiacariciada chillaba al verlo y yo chillaba también y mi padre-cadáver chillaba más aún todavía él oloroso a genitales de mujer, a sudor de hembra ansiosa, el mismo sudor que tiene María y que lo quiero impregnado en mí, bien adentro, en mi bulbo raquídeo, mis conductos seminales, mi hipotálamo, mi glotis, mi lengua hurgante de ti, María, que te quiere en mi alma mi cuerpo mi mirada mi recuerdo, en ese recuerdo que hemos construido desde niños cuando jugábamos juntos con tu hermano y tu primo y nos escondíamos y nos buscábamos y tú: "Un dos por tres por mí y todos mis compañeros" y tú siempre siempre ganabas todos los juegos y ahora ganas de nuevo porque me vences porque no puedo derrotar tu amor hacia Juan, porque no logro que te revuelques en mi sentimiento puro, noble, exquisito, animal, y no te puedo derrotar a ti, madre, simplemente no puedo.

En la mitad de la calle tú y yo, María, y llega Elena a vernos con su cuerpo de diosa afrodisíaca y te ve a ti, María, y me ve a mí y tú, María, le guiñas el ojo como diciendo aquí no voy a hacer mal tercio y te vas, me dejas con Elena, la que me ama y yo no amo, porque yo te amo a ti, María, y no sé por qué si ella es más bonita, tiene mejor cuerpo, más linda sonrisa, mejor carácter y no tiene celulitis ni várices pequeñitas ni las plantas de los pies arrugadas como tú, como las tenía mi padre justo frente a mí, desmoronado en el lecho matrimonial con mi tía semivestida que decía: "Yo no tuve que ver, no tuve que ver, no tuve que ver" y ella se abrochaba la blusa temblando, llorando, y mi padre en calzoncillos sin pudicia, sin malicia, sin temor, y mi tía: "Me voy, me voy, no tuve nada que ver" y ella se fue y ya era de noche y yo

me quedé solo con padre-cadáver y yo lo acariciaba y lo acariciaba y sentía cómo su cuerpo de
caliente pasó a tibio y de tibio pasó a frío con ese
frío que algo nos arranca de la yema de los dedos
y pasé con él toda la noche en su desnudez gozo-
sa, cuasiorgásmica, con sus ojos abiertos, con su
cabello alborotado, escaso, escaso y con las plantas arrugadas de sus pies, María: Elena es mejor
que tú, ¿lo sabías? ¿LO SABÍAS? Pero a ti te amo,
desgraciada, con estos diecisiete años que llevo a
cuestas y a ti, padre, te amaré siempre con todos
todos los años que yo llegue a tener en mi vida,
mi vida, mi amor, mi reina, mi María preciosa, no
te vayas, no me dejes solo con Elena y yo sé que
Elena me quiere, que me ama con un amor bonito
y tranquilo, pero no, yo te amo, María, y Elena
me pregunta si quiero ir con ella al cine de la
Viga y yo le digo: "¿Al cine de la Viga?" pero si ese
es un cine pinchurriento, a veces ahí hay ratas y
pulgas y chinches y piojos y solitarias y ácaros
y amibas y microbios y bacterias que nos pueden
infectar de sífilis cáncer tifoidea mal de Parkin-
son diarrea calvicie prematura como la que tenía
mi padre desde joven, desde que se casó, y así sale
en las fotos de su boda: peloncito, arregladito, de
frac y toda la cosa, muy arregladito en tu ataúd,
donde te echan paletadas de tierra para apagar en
ti ese insoportable olor a cópula que se empieza a
descomponer y a invadir la atmósfera y tus amigos
me consuelan y me miman. ¿Y tú, madre? Ni me

consuelas ni me mimas. ¿Dónde está mi madre? Está en Monterrey cuidando a tu abuela, a la vieja alcohólica con su hígado cirrótico o ¿era el suyo un hígado aburrido o un hígado carcomido por la amargura, por el deseo de manejar, dominar, manipular, controlar, destruir, y de todos los "ar" e "ir" que heredó mi madre? Abuela borracha de mierda, maldita come-vidas, anémona escatológica, herencia genética hecha dolor y tú, madre, que no regresas y no regresas y mandas una carta que dice: "Hijito querido (y que solo faltaba rubricar con un 'hijito de puta'), tu abuelita está muy delicada y no tiene caso ir a México al sepelio de tu padre, abandonar a mi madre puede costarle la vida" y a mí, madrecita santa, me costó la vida, me costó, y la carta seguía: "Te va a cuidar tu tía Soledad" y tías van y tías vienen y sí, sí, Miguel, me dice Elena, es una película que trata sobre la vida de Miguel Ángel y que creo que es con Charlton Heston y después pasan la de esta señora tan conocida. ¿Te acuerdas cómo se llama? No me acuerdo ni de los nombres de mis tías y tú quieres que me acuerde de no sé qué señora que resulta llamarse Elizabeth Taylor, ándale esa mera, ¿no que no sabías, Miguel?

Y Elena y yo partimos rumbo al cine de la Viga y vimos sendas películas del Heston, de la Taylor y una más de Lando Buzzanca y Elena pensando en mí y yo en María y María en Juan y Juan en Leticia y Leticia en Pedro y yo pensando en mi padre, viejo cogelón encantador, simpático. Cómo te quería, papá. Y termina la función y regreso a casa del cine y mi madre, luto riguroso (hace apenas tres meses que el hígado de la abuela decidió tornarse en verdugo razonable, quizás demasiado tarde), me mira y me mira con esa mirada negra que emana de sus vestidos negros y me dice: "Tú divirtiéndote con tus amigos y yo aquí sola con mi pena, con la tristeza de lo de tu abuela" y me agarra de las muñecas con rabia, clavándome sus uñas largas y negras en mi piel que arde y me grita: "Nunca más me vuelvas a hacer eso" y yo cuándo te puedo gritar, aeromoza de los desatinos, que no debiste de haber nacido y que yo debí haber nacido de mis tías, no de ti, perra, y nuestras miradas se cruzan y bailan el rito de los odios, del dolor anquilosado de lo extranjero en lo cercano y que es lo que más se odia y entonces ella me dice: "Estás podrido, Miguel, podrido" / podrido / madre mía. Podrido desde que la tierra me oculta a mi padre y / podrido voy a mi cuarto arrastrando mi cuerpo agujereado y mi llanto de toda una noche-vida.

"¿Por qué estás triste?", me pregunta María al siguiente día y le voy a contestar y ella sonríe y me pregunta: "¿No has visto a Juan?" y no, no lo he visto, María, pero veme a mí que te necesito más que nunca, ¿para qué, hombre? Te necesito, María, ¿no lo ves, María?, ¿no adivinas el agua que corre por dentro de mis ojos?, ¿no lo ves? y ella de nuevo:

"¿No has visto a Juan?" y no mil veces no, no lo he visto, ¿y qué, tú no ves, María, cómo me desbarato? Papá, me desbarato, me hago como de terroncitos y María con su cuerpo de sirena ondulante me dice: "Hoy estás muy bruto, Miguel" y se retira y no te vayas, María, déjame en paz, por favor... ¿de qué lloras? Estás loco o te has de haber emborrachado... payaso... estoy podrido, madre mía, ¿a dónde huyo?, ¿a dónde?, y salgo corriendo por la calle y corro y corro y doy vueltas y más vueltas y Elena me observa desde una ventana de su casa y sale a la calle y me detiene y me mira y yo me desbarato pero ella me mira y no dice nada, solo me mira y voy a estallar y Elena me mira y me dice: "Ven, vamos a mi casa, estoy cenando sola". ¿Padres? En el teatro y mis hermanos ya se durmieron y entro a su casa y lloro y ella me abraza y me dice no llores y yo me deposito en ella como agua en garrafa nocturna y siento su aliento, su viento, subiendo mi nuca en forma de beso y aquí te olvido, María, ya no te amo, María, estás lejos, María, madre, ya no eres mía, María, ya no te necesito, madre, y te descubro hoy, Elena, y ella me lleva a la cocina y me sirve un vaso con leche y me acaricia y me besa y llora conmigo, padre: llora conmigo y ella me dice: "Ven" y subimos la escalera y entramos a su cuarto y Elena cierra la puerta con llave y con llave cierra el mundo y me acuesta en su lecho, en su dulzura, en su cuerpo perfecto, en su sonrisa distinta, en su desnudez a oscuras, en su amor, y se escuchan ruidos de auto y de portezuelas y las voces de mamá y papá de Elena y yo me sobresalto y digo: "Me voy, me voy" y ella me aprisiona con sus tentáculos suaves y me dice: "Shhh, no te vayas, mi amor"... *mi amor*... MI AMOR... la noche... Elena... los besos... Elena... yo dentro de Elena, dentro muy dentro y Elena y yo abrazados, apretujados, estrechados y mi piel huele a genitales de mujer, a sudor de hembra ansiosa y mi piel huele a amor de verdad... padre... la quiero... te quiero, te quiero mucho...

Ya no se escuchan más ruidos en la casa. Está oscuro y en la cama de Elena repetimos vez con vez el juego eterno de lo masculino-femenino. Elena sonríe y me besa en la frente y yo le sonrío y le beso en la barbilla y ella se duerme con un dormir que todo lo duerme y yo lloro quedo por culpa de esa inmensa tristeza que nos provoca la alegría y esta noche estamos en paz... todos... en paz.

(1989)

Trilogía

Para Carlos Arriaga Jordán

A

Andábamos por Ermita-Ixtapalapa, eran algo así como las diez de la noche. Nos paramos a comprar unas chelas y las disparó el Trompas. Nos trepamos de nuevo al carro y nos pusimos a dar vueltas, nomás para picar cebolla. Al rato, vimos un cabrón caminando. ¿Lo apañamos?, preguntó el Matasanos, como vas, le dijimos y nos paramos.

¿Adónde vas, amigo?, le preguntó el Trompas y el chavo que se hace el menso, como si no nos hubiera oído, que adónde vas, le volvió a preguntar. Como el güey no hizo caso, nos bajamos el Trompas y yo y lo rodeamos.

B

Le dije que iba para mi casa, que acababa de salir del trabajo. ¡Voy, voy!, me dijeron, a estas horas nadie sale de la chamba. Les dije que no había hecho nada, pero no les importó. Me pusieron contra la pared y me empezaron a esculcar. Clarito sentí que el gordo me puso la mariguana en la bolsa trasera del pantalón. Apenas la había metido cuando el otro la sacó. Con que traficante, me dijo. Yo al principio no sabía qué pasaba, pero luego luego me di cuenta. No se azoten, esa mota no es mía, no se la jalen, les dije, pero el grandote me puso una pistola en las costillas, órale, súbete al carro, me ordenó. Chale, pensé, estos ya me armaron de tos.

C

Subieron a Óscar al automóvil, adelante iba el Matasanos manejando, el Trompas a un lado. Atrás, Óscar con el Carnes. Recorrieron varias cuadras sin que ninguno de ellos hablara. El Trompas sacó un cigarro y se puso a fumar. No se veía gente en la calle.

D

Están vacías las calles, las calles vacías están, vacías están las calles, las vacías calles están. De cuántas maneras se puede morir uno en la calle sin que nadie te vea, sin que nadie sepa, mas que nosotros tres y tú. Más te vale que hables y nos digas de dónde sacaste la yerba y no te pongas pendejo y mucho menos nos llores, que a la primera lagrimita te trueno, nomás eso faltaba.

B

Me dio miedo el tipo ese, mucho más miedo que los otros dos. Lo que él decía, se hacía, él mandaba, era el jefe.

C

El Matasanos detuvo el automóvil y se volteó a ver a Óscar, lo midió con la mirada.

¿De dónde sacaste la droga?

¿Cuál droga?

Chale, no te hagas pendejo, dijo el Trompas, la que traías en la bolsa.

La neta, no sé nada de eso, contestó Óscar.

El Matasanos detuvo el auto en una calle oscura, bájate, le ordenó a Óscar. Descendieron los tres y lo acorralaron.

¿Cuánta lana traes?, preguntó el Carnes.

Pos como cincuenta varos.

No mames.

En serio, dijo Óscar sacando las monedas de su bolsa, es todo lo que traigo.

Ya te jodiste, cabrón, ¿a poco crees que te vamos a soltar por esa mugre?

E

¿A poco crees que te vamos a soltar por esa mugre?, le dijo el Matasanos y se rio. El Carnes y yo también nos reímos. Pobre cabrón iluso, pinches cincuenta pesos no sirven ni p'al arranque, eso no da ni pa' los chescos.

B

No seas iluso, me dijo el más feo de los tres, al que creo que apodaban el Trompas. Pero qué quieren que haga, les dije, si no traigo más. Pos vamos a tu casa, me dijo el gordo, ahí debes de tener tus guardaditos. La verdad, me dio cosa que vieran dónde vivía. Ahí estaban mi esposa y mi hijo, y a lo mejor se metían a la casa a hacerles algo. Con los judas uno no se puede confiar.

C

Lo esposaron y lo volvieron a subir al auto. Vamos a darte un paseo para ver si así se te aclaran las ideas y piensas dónde conseguir un billete, le dijeron. El pelo grasoso del Trompas brillaba cada vez que pasaban por debajo de un poste de alumbrado. El Carnes se recargó sobre Óscar, como si se hubiera quedado dormido arriba de él. Óscar no supo qué hacer, el tipo pesaba mucho, era como un hipopótamo. Le repugnó sentir sobre su hombro el abdomen grasoso y sudoroso del gordo.

E

Estate quieto, le dije al Carnes que de volada se enderezó, ¿qué no ves que espantas al chamaco?

D

Si vuelves a ver la luz, considérate afortunado, nadie da un quinto por ti, pinche obrero rascuache. Si te meto un plomo, tu cementerio va a ser el hocico de un perro sarnoso, de esos que andan en los basureros, porque ahí mero te vamos a tirar. Alégrate, es mejor ser comida para perros que de gusanos, cuántos quisieran tu suerte.

A

A veces el Matasanos se pone bien grueso y cuando le entran sus ondas, hasta asusta. Ya quería matar al pobre güey nomás porque no traía lana, si el cabrón se veía bien jodido. En una de esas, paró el carro, le hizo abrir la boca y le metió el cañón de la pistola hasta el fondo de la garganta mientras le decía no sé cuántas cosas.

B

El cañón de la pistola lo sentí bien frío, como si fuera la muerte misma. En mi vida he de tener más miedo que esa vez. Yo creía que eso de que uno se meaba del susto era puro cuento, pero no, ahí yo me meé.

C

Óscar sintió algo caliente en los pantalones que contrastaba con el frío del metal que tenía dentro de la boca, una sensación contradictoria y desagradable. Los ojos del Matasanos relucían como los de un pescado congelado, como sin vida.

El judicial empujó aún más la pistola y lo obligó a cantar el himno, donde te equivoques una puta palabrita le jalo al fierro, le dijo. Óscar solo pudo pronunciar sonidos guturales, como los de un animal ahogándose.

E

Los ojos del chavo se llenaron de lágrimas, pero no lloró. Yo creo que no lloró porque si lo hacía, de seguro que se lo echaba el Matasanos. Después de un rato, el Matasanos sacó la pistola de la boca y la limpió en la camisa del chamaco, el cañón estaba embarrado de sangre. El Carnes y yo no dijimos nada, donde se emputara el Matasanos con nosotros sería capaz de volarnos los sesos. La neta, el chavo nos empezó a dar lástima.

A

Sí, nos daba lástima.

D

Quien piensa que está a salvo es un pendejo. Nadie se salva aquí, en este mundo somos pura mierda. Acostúmbrate a la idea de que te vas a morir y cuanto antes, mejor.

C

"Acostúmbrate a la idea de que te vas a morir", le dijo el Matasanos a Óscar. Dejaron las calles de la Unidad Modelo y tomaron por la Avenida Tulyehualco rumbo a Tláhuac. Por la mente de Óscar pasaron cientos de imágenes de nota roja acerca de tipos asesinados y abandonados en la orilla de algún camino o tirados al canal del desagüe. Cerró los ojos, su pie izquierdo comenzó a temblar.

El Carnes abrió la ventanilla y escupió. El aire fresco que entró secó el sudor de la frente de Óscar. El Trompas tarareó una canción:

En un lugar de por Ermita
llamado Santa Marta Acatitla
me enseñaron lo mejor
que se le puede sacar a esta vida...

B

Yo creía que cosas así solo les pasaban a otros, pero no, me estaba pasando a mí. Sentí ganas de llorar, pero me aguanté, ya me la habían sentenciado que al primer llorido me tronaban. Las esposas empezaron a cortarme la circulación, a lacerarme la piel. Dolía como cuando a uno lo queman con un cerillo.

E

Se sentía denso el ambiente en el puto carro, yo ya conocía al flaco, cuando se quedaba callado y le saltaba la vena de la sien, es que ya había decidido darle cran al chavo. Ya nos la había aplicado otras veces. Agarrábamos a cualquier pinche mono al azar y por ondas del Matasanos terminábamos matándolo, así, sin más, por no aflojar varo. A él no sé, pero a mí sí eso de reventar cabrones por nada no me dejaba dormir.

De los puros nervios, el Carnes y yo nos pusimos a hablar de fut. Que si Borja había sido mejor que Hugo Sánchez, que si sí, que si no, en fin, pura chingadera. Al Carnes que se le ocurre preguntarle al chavo que a quién le va y este que le contesta que al Atlante, pinche Carnes, se puso re contento, lo abrazó y le dijo que él sí sabía de fut y no mamadas, nomás faltó besarlo. La libró el chavalillo, capaz que si dice que le va al América, el Matasanos se lo truena ahí mismo, sin bajarlo del coche. Por menos de eso he visto matar al flaco.

C

Se pusieron a platicar sobre la virtud o defecto de tal o cual jugador. Óscar se sintió más tranquilo, esa charla animada no podía ser preámbulo de su asesinato.

Mientras ellos tres no dejaban de perorar, el Matasanos manejaba en silencio, pensando.

D

Bola de pendejos, no saben de lo que se trata la chingada vida, ni siquiera saben lo que son. Se portan como animales, solo tragan, cogen, beben, solo vinieron a este mundo a quitar aire. Bola de pendejos...

B

El grandote parecía no parar el coche nunca. Se metía por una calle, luego por otra, luego por una brecha, luego por otra. El tipo gordo y el feo se portaron medio cuates, hasta se pusieron a hablar de fut conmigo. Pero al rato se callaron y ya nadie habló. Al que le decían el Trompas se quedó dormido. Me puse a pensar en mi vieja y en mi hijo, ¿qué les pasaría si me mataban?, ¿encontrarían mi cuerpo?, ¿cómo le haría Yajaira para mantener a mi chamaco?, carajo, me desperté por la mañana sin saber que esa noche me iba a morir.

E

Me quedé bien jetón pos estaba re desvela-
do y he de haber soltado un ronquido porque el
Matasanos se dio cuenta y me puso tremendo
cachetadón, despiértate, güey, ya vamos a parar.

C

El Matasanos condujo por una vereda escondida junto a unos tiraderos de basura. Después
de recorrer unos kilómetros, detuvo el auto. La
noche era oscura y se escuchaban patos volar es-
pantados de los tules en las charcas cercanas. Chi-
rriar de grillos se oía por todas partes.
Bájense, ordenó el Matasanos.
Óscar presintió su muerte, pensar en su propia muerte le ocasionó un escozor en la garganta
que por poco lo hace vomitar.

B

Cuando bajamos del carro me puse requete
nervioso. Quería que me dijeran, órale pinche
escuincle baboso, deja de temblar que es broma,
pero no, los tres judas estaban bien callados. La
mera verdad que una cosa de estas no se la deseo

a nadie, en serio, a nadie. Dan ganas de cagarse, de mentarle madres a Dios por permitir una tortura como esa.

El grandote, que para entonces ya sabía que le decían el Matasanos, nomás no dejaba de mirarme. Luego de un rato, se me acercó, me hizo que me volteara y en la nuca, con la yema de los dedos, me marcó una cruz.

D

Aquí mero, aquí merito te voy a meter un plomo.

C

Sonó un disparo y Óscar se derrumbó. El Trompas y el Carnes, que se habían alejado para orinar, regresaron corriendo.

Ya lo tronaste.

No chingues, Matasanos.

Es un puto, un pinche puto, si tiré al aire…

D

Puto de mierda, ya párate, no tienes nada, fue solo un sustito.

C

Óscar se incorporó. Temblaba.

A

Chillaba quedito, como perro atropellado. Se veía que tenía ganas de gritar, pero no podía, se le había ido la voz. La neta, se veía medio chistoso. Hacía muchas muecas, como un changuito, los pelos parados, parecía plumero.

Me empecé a reír como loco.

E

Quise reírme como el Carnes, pero no pude, de solo ver la mirada del Matasanos se me quitaron las ganas y es que el flaco ve regacho, parece que te mete un puñal entre los ojos. Ya había matado a uno que otro cabrón, unos en balaceras o desde el carro, y los que maté en frío, no se me quitaron de la mente por años. Al Matasanos le gira la cabeza de otro modo, es bien cabrón. Si anda de malas, no le importa rajarles una bala entre las cejas, pero antes les dice que los va a matar y les hace chingadera y media. Y lo peor es que lo disfruta, me cae que lo disfruta.

C

El Matasanos pateó a Óscar y lo hizo caer frente a la luz de los faros del auto que iluminaban el terreno.

Ya cállate, cabrón, le dijo, que pareces vieja.

Le puso el pie derecho en la cabeza y empezó a aplastársela.

A ver si así aprendes a ser machito.

Luego le quitó la pata de encima de la cara, se desabrochó la bragueta y le orinó la cara. Óscar cerró los ojos y se quedó quieto, sin mover un músculo. Ya no lloraba, ni gemía.

D

Así me gusta, putete, tranquilito, sin chillar.

C

El Carnes dejó de reír y se subió al auto.

D

Estos no aguantan nada, les da culo matar, pero a esta mariquita no me la voy a tronar, no vale la pena gastar balas a lo pendejo.

B

Se siente de la chingada, se los juro, de la chingada.

C

El Matasanos entró también al auto. Apagó las luces. Vamos a echarnos una jeta, que estoy cansado, dijo y se recargó en la ventanilla para dormirse. Óscar se quedó tendido en la grava, bocabajo. No veía nada, pero podía escuchar una infinidad de ruidos, ranas, grillos, chicharras, patos, perros. Tenía miedo de moverse.

Tirado como estaba, pudo observar los primeros destellos de luz despuntar por el horizonte. Oyó cómo se abría una de las portezuelas del carro. Los ronquidos de uno de ellos retumbaron en la quietud del lugar.

El Trompas caminó hasta él.

Te vamos a dejar aquí.

Por favor, quíteme esto dijo lastimosamente y levantó las manos esposadas.

El Matasanos tiró la llave por ahí, ya mejor ni le busques. Párate y corre sin voltear hasta que ya no puedas más.

El Trompas dio media vuelta y regresó al carro. Lo encendió, dejó que se calentara unos momentos, metió reversa y partieron.

Óscar comenzó a correr, a menudo trompicaba entre los cerros de basura, no se detuvo hasta que llegó a una arbolada, se recargó en un tronco y lloró como niño.

B

Sí, lloré como un niño y a veces, todavía hoy, se me viene el llanto encima nomás de acordarme.

(1983)

Tarde

Tarde, motel, caricias, besos, abrazos, piel, lenguas, manos, labios, piernas, cuellos, espaldas, hombros, pubis, pene, clítoris, besos, amor, amor, amor, horas, minutos, anochecer, despedida, besos, abrazos, salida, autos, calle, discreción.

Ella, esposo, hijos, casa, llamada, regreso, ocho, excusa, tráfico, lluvia.

Él, esposa, hijos, casa, llamada, regreso, ocho, excusa, trabajo, tráfico, lluvia.

Él, llamada, celular, ella, camino, extrañamiento, besos, amor, amor, amor.

Él, arribo, casa, niños, niña, doce, diez, siete. Besos, abrazo, esposa, cena, escuelas, calificaciones, regaños, arreglos, fiesta, cumpleaños, niña, partido, niños, domingo, comida, suegros, noche, niños, dientes, piyama, cama, televisión, noticiario, celular, cero, mensajes, ella, desaparición, extrañeza, mensaje, noches, nada, probabilidad, problemas, marido, ella, apagador, luz, oscuridad.

Ella, retraso, velocidad, lluvia, rebase, autobús, derrape, volteretas, miedo, lámina, estruendo, giros, golpes, vidrios, poste, cabeza, sangre, gasolina, sangre, dolor, curiosos, preguntas, mudez, aire, asfixia, cuerpo, desgarros, fracturas, cortadas, dolor, policías, preguntas, sangre, ahogo, vómito, sangre, portezuela, lámina, serruchos, sangre, desvanecimiento, él, él, él, mirada, burbujas, boca, sangre, latidos, exhalaciones, gritos, sirenas, desvanecimiento, silencio, oscuridad.

Él, mañana, celular, ella, nada, cero, mensajes, 19:47, hora, final, once, horas, silencio, extrañeza, llamada, nada, cero, preocupación, niños, baño, desayuno, esposa, huevos, café, manzana, dientes, saco, corbata, auto, niños, camino, escuela, despedida, besos, preocupación, llamada, ella, celular, nada, cero, llamada, amiga, ella, nada, cero, batería, probabilidad, pleito, marido, desconcierto.

Oficina, secretaria, memorandos, cartas, conferencias, telefónicas, juntas, preocupación, ella, celular, llamada, mensajes, nada, dudas, incertidumbre, amor, amor, amor, juntas, secretaria, reunión, nerviosismo, llamada, ella, celular, mensajes, nada, llamada, ella, casa, empleada, ahogo, silencio, disculpa, equivocación, número.

Horas, minutos, llamada, celular, ella, nada, llamada, celular, amiga, nada, impotencia, comida, negocios, conversación, hombres, trajes, corbatas, silencio, angustia, nudo, estómago, amor, amor, amor, postres, café, disculpa, parada, baño, llamada, ella, nada, llamada, amiga, contestación, llanto, preguntas, llanto, ella, accidente, preguntas, ella, fracturas, órganos, perforación, daño, cerebro, sangre, muerte.

Temblores, sacudidas, amigo, lavabo, parloteo, sofoco, agobio, llanto, garganta, contención, cháchara, amigo, estallido, silencio, sorpresa, enojo, explosión, salida, estremecimientos, desolación, desesperación.

Amor, amor...

Negación, enloquecimiento, mesa, clientes, negocios, amigos, respiración, preguntas, salida, prisa, calle, ruidos, barullo, palpitaciones, lividez, mareos, sequedad, lágrimas, tenazas, garganta.

Llamada, celular, amiga, mentira, muerte, mentira, amiga, verdad, volcadura, huesos, cráneo, hígado, hemorragia, cadáver, velatorio, misas, viudo, huérfanos, llantos, gemidos, dolor, dolor, dolor.

Decisión, velatorio, silencio, esposo, viudo, lágrimas, encuentro, miradas, pésame, abrazo, preguntas, compañero, trabajo, niños, lágrimas, mujeres, hombres, familiares, amigos, sordina, latidos, desesperación, dolor, dolor, dolor, ataúd, ella, ausencia, pérdida, mareo, roce, madera, lágrimas, amor, amor, amor.

Despedidas, partidas, familiares, amigos, velatorio, soledad, esposo, hermanas, amiga, él, diez, once, doce, noche, llamada, esposa, tarde, junta, trabajo, entrega, dolor, dolor, dolor, dos, viudos, esposo, él, dos, viudos, secreto, sospecha, ella, amor, amor, amor.

Regreso, casa, esposa, cama, oscuridad, dientes, piyama, silencio, ella, ella, ella, cama, sábanas, ojos, techo, respiración, latidos, locura, sollozos, esposa, suspiros, sueños, lejanía, oscuridad.

Mañana, dientes, baño, traje, dolor, corbata, desayuno, niños, dolor, besos, abrazos, esposa, dolor, auto, escuela, maestra, tráfico, dolor, oficina, secretaria, conferencias, dolor, reuniones, cartas, dolor, auto, camino, avenida, cementerio, funeral, dolor, partida, ausencia, dolor, náusea, desazón, dolor, fosa, ataúd, viudo, huérfanos, dos, viudos, llantos, dolor, paletadas, tierra, dolor, dolor, dolor.

Casa, niños, niña, esposa, besos, abrazos, esposa, cena, escuelas, domingo, partido, comida, suegros, noche, niños, dientes, piyama, cama, televisión, cama.

Amor/Dolor

Amo/Dolor

Am/Dolor

A/Dolor

Dolor

(2021)

Índice

Retorno 201 de Guillermo Arriaga
se terminó de imprimir en el mes de noviembre de 2021
en los talleres de Diversidad Gráfica S.A. de C.V.
Privada de Av. 11 #1 Col. El Vergel, Iztapalapa,
C.P. 09880, Ciudad de México.